ALESSANDRA
COTOLONI

TAXI
MILANO
25

Wie Tante Caterina
den Himmel auf die
Erde bringt

Übersetzt aus dem Italienischen
von Barbara Häußler

echter

Die Originalausgabe erschien unter dem Titel
Taxi Milano25
In Viaggio con zia Caterina una rivoluzionaria dei nostri tempi
EDIZIONI SAN PAOLO s.r.l., 2021

Impressum

Bibliografische Information der Deutschen Nationalbibliothek
Die Deutsche Nationalbibliothek verzeichnet diese Publikation
in der Deutschen Nationalbibliografie; detaillierte bibliografische
Daten sind im Internet über http://dnb.d-nb.de abrufbar.

1. Auflage 2023
© 2023 Echter Verlag GmbH, Würzburg
www.echter.de

Covergestaltung: wunderlichundweigand GbR, Schwäbisch Hall
Coverfoto: © Joeprachatree/shutterstock.com
Layout Innenteil: satzgrafik Susanne Dalley, Aachen
Druck und Bindung: CPI – Clausen & Bosse, Leck

ISBN 978-3-429-05847-0
ISBN 978-3-429-05246-1 (PDF)
ISBN 978-3-429-06595-9 (ePub)

TAXI
MILANO
25

Für die ganze große Familie von Taxi Milano25
Amor omnia vincit

Inhalt

5

Einführung

Von Simone Cristicchi (Poet, Singer-Songwriter)

Für Tante Caterina
voll Zuneigung,
dankbar für alle Samenkörner der Schönheit und Liebe,
die du ausgestreut hast ...

Das Wunder

An kein einziges Wort
der Diener des Kultes
kann ich glauben.
Auch nicht an die liturgischen Gewänder,
die Fürbitten,
an die feierliche Inszenierung,
ihren ganzen Gold- und Silberschmuck.
Nicht glauben kann ich
an das Märchen,
das ein anderes, besseres Leben verspricht.
Diesen herausposaunten,
laut verkündeten, zur Ware gemachten Glauben teile ich nicht.
Es ist eine Beleidigung.
Ich glaube nicht an die Gnade,
an die Heiligkeit des Wassers,
des Blutes, der Geburtsgrotte,
des Weines, des göttlichen Geistes.

Einzigartig aber ist das Wunder,
konkret
vor meinen Augen:
dieser Mensch,
der zu Hilfe eilt,
Tränen trocknet,
sich anderer annimmt
und sich dabei
das Kreuz tausender
Verzweifelter,
die in ihren Leiden Christus sind,
auf die Schultern lädt.

Es ist einzigartig
das Wunder ihrer Empathie,
jeden Augenblick neu geboren
und niemals zu Ende.
An dieses Wunder glaube ich.
Entzücken über ein Gut,
uneigennützig verschenkt.
Bei jedem Schritt weckt es
neues Lächeln, unerwartet,
ein Lächeln der Liebe
wie Rosen, die aufblühen
in dieser Wüste
des unmenschlichen Schmerzes.

An dieses Wunder glaube ich.
Hier sehe ich klar,
so sicher, so unbesiegbar,
die Hand Gottes.

Vorwort

Das Ankleiden. Die rosa Feder, klein wirkt sie zwischen den anderen Federn. In der klaren Morgenluft, mit der das Leben energisch ins Zimmer hereingeströmt ist, als Caterina das Fenster öffnete, schaukelt sie leicht hin und her. Die größeren, knallbunten Federn lächelten der kleinen zu. Vom Rand des magischen Strohhutes aus, auf dem alle aufgereiht sind, wie Gräser auf einer Wiese, haben die Federn gemeinsam den neuen Morgen begrüßt. Der Hut liegt auf dem Stuhl neben dem Bett. Die Tante schaut ihn an: Sie spricht mit den Farben.

Das Ankleiden braucht seine Zeit. Caterina lässt sie nicht ungenutzt verstreichen. Jeder Augenblick ist kostbar. Heute weiß sie das. Ihre Bewegungen sind nicht willkürlich. Sie sind ein Ritual. Dafür sind ihr die einzelnen Minuten dankbar. Denn sie gibt jeder von ihnen eine Bedeutung, liebkost sie wie einen zerbrechlichen und sehr kostbaren Gegenstand. Caterina stellt sich nicht gegen die Zeit, sie klinkt sich vielmehr in sie ein. Ja, sie weiß um den Wert jedes einzelnen Moments, atmet ihn förmlich ein, wie verschiedene Duftnoten eines Parfums. Nicht aus Angeberei oder weil sie Aufsehen erregen will, zieht sie ihr buntes Kleid an. Es ist ihr zu einer Art Uniform geworden, so wie der Habit für den Mönch oder der weiße Kittel für eine Ärztin. Zu diesem Kleid gehören ein Umhang, der Strohhut - er schaut sie immer noch vom Stuhl her an -, Ketten, Schellenarmbänder und eine große Muschel. Wie ein riesiger Knopf hält diese die beiden Seiten des Umhangs vor der Brust zusammen, so ähnlich wie bei Pilgern aus alten Zeiten bei ihrem Aufbruch nach Santiago de Compostela. Auch Caterina ist eine Pilgerin, denn jeden Tag unternimmt sie eine Reise zu einem anderen, oft unbekannten Ziel. Aber sie hat keine Angst. Sie muss sich einfach dem Unbekannten hingeben, sich von ihm in die Arme schließen lassen. Die Fahrt zusammen mit den Menschen, denen sie begegnet, kann sie gestalten. Das Ziel der Fahrt aber liegt nicht in ihrer Hand.

Wie immer lugen aus verschiedenen Ecken ihres Schlafzimmers Spielsachen hervor, fasziniert von der Tante. Ungeduldig warten sie darauf, heute ein Teil von Caterinas Outfit sein zu dürfen. Jedes von ihnen ist stolz darauf, ein kleiner Teil der von Caterina streng gehüteten Geschichte zu sein, die sie hinter sich herschleppt wie schweres Gepäck. Ihr Herz kennt keine Grenzen.

Von unzähligen Menschen, die sie auf dem Weg trifft oder getroffen hat, nimmt sie Lächeln, Blicke, Berührungen in sich auf. Allen gibt sie Raum, niemand wird ausgeschlossen. Seit es im Zimmer hell geworden ist, hat der Hut ihr nachgeschaut. Endlich setzt sie ihn auf! Die schüchterne rosa Feder spielt nun Ringelreihen rund um die Hutkrempe, zusammen mit den anderen Federn und den bunten Blumen.

Sorgfältig setzt sich Caterina den Hut auf den Kopf. Eine blonde Lockenmähne quillt, widerborstig wie die Frau, auf deren Kopf sie wächst, unter dem Hutrand hervor, ergießt sich über ihre Schultern. Fröhlich klingeln bei jeder Bewegung die kleinen Glöckchen an Halskette und Armbändern. Dazu raschelt der lange Satinrock, ein Geräusch wie aus längst vergangenen Zeiten. Bald wird Caterina mit dem Ankleiden fertig sein. Noch schnell ein letzter Blick in den Spiegel, ein wenig Lidschatten um die wunderschönen grünen Augen. Diese sehen hinter die Dinge, blicken tiefer als das, was die meisten Menschen wahrnehmen. Caterina ist eben anders: materielle Hemmnisse, Grenzen, alles, was den Blick behindert, machen sie noch hellsichtiger. Hinter die Dinge zu schauen bedeutet, nicht nur mit den Augen sehen zu können.

Mit rosa Lippenstift zieht sie ihre Lippen nach. Sie sind immer bereit zu lächeln. Dazu muss nicht unbedingt jemand da sein, dem sie zulächeln kann: Schon das Leben, das jeden Morgen durch das Fenster hereinschaut, ist für Caterina Anlass zu lächeln. Jetzt ist sie fertig. Die Mary Poppins unserer Zeit macht sich bereit, aus dem Haus zu gehen, dem Leben entgegen. Jedes einzelne Ding, das sie anlegt, vom Hut bis zum Ring, von den Schellen bis hin zu den knallbunten Halsketten, ist stolz darauf, zu Caterinas Welt zu gehören. Denn jeden Tag nimmt Caterina diese Dinge mit zu dem seit Urzeiten bestehenden Scheideweg zwischen Leben und Tod.

Vielleicht verkörpert Caterina unbewusst Heraklits Theorie vom Zusammenspiel der Gegensätze. Hier widerspricht nichts dem anderen. Alles ist Teil einer unendlichen Abfolge von Verbindungen und Ergänzungen. „Paradoxerweise werde ich aus dem Tod geboren", sagt Caterina. Damit verweist sie auf den Tod des Mannes, den sie geliebt hat, Stefano. Die Beziehung zu ihm ist so stark, dass sie auch heute noch andauert, auch wenn der Tod beide physisch getrennt hat. Der Verlust ihres Gefährten ist eine Linie. Sie trennt die frühere Caterina streng von der Person, zu der sie dann geworden ist. Es gibt kein Zurück hinter diese Linie. Man kann sie nicht vergessen. Doch genau das zwingt Caterina tagtäglich weiter zu machen, dem Leben entgegenzugehen.

KAPITEL 1

Die Begegnung

Das Vorwort sollte einen kleinen Vorgeschmack auf Caterinas Magie vermitteln. Sie zu treffen bedeutet, eine Sphäre zu betreten, in der die strengen Gesetze des Alltäglichen und der Normalität außer Kraft gesetzt werden. In Caterinas Nähe übersteigen wir all die Grenzen, innerhalb derer wir uns gewöhnlich bewegen. Wir lassen uns tragen vom Strom der Energie, die Caterina großzügig und in Überfülle um sich herum verbreitet.

Dieses Buch ist keine gewöhnliche Biographie, es kann keine Lebensbeschreibung sein, wie ich sie normalerweise schreibe – nein, das ist unmöglich. Wer jemals Caterina – und sei es flüchtig – kennengelernt hat, versteht das, genauso wie er oder sie versteht, dass es nur schwer möglich ist, einen roten Faden in der Geschichte von Caterina Bellandi nachzuzeichnen. Es ist wirklich ein kompliziertes Unterfangen, dessen bin ich mir voll bewusst. Doch soll ihre Geschichte keine nur oberflächlich wahrgenommene Randerscheinung im Bewusstsein der Allgemeinheit bleiben. Nein, ich will Menschen erklären, wer Caterina Bellandi ist, damit alle, die sie sehen, sich nicht allein aufgrund der Art ihrer Kleidung ein vorschnelles Urteil bilden, sondern sie wirklich verstehen. Ja, es ist nicht leicht, etwas über Caterina zu erzählen, denn sie ist kein gewöhnlicher Mensch. Doch genau die Tatsache, dass sie in kein Schema passt, macht ihre Stärke aus.

Um über sie sprechen zu können, muss man ihr auf dem Weg folgen, den sie jetzt seit Jahren geht, ihr beim Reden zuhören, die Botschaft ihrer Gebärden erfassen und – sooft sie es erlaubt – in die hintersten Winkel ihrer Seele schauen im Wissen darum, dass es einem selbst so niemals gelingen wird, sie mit den vielfältigen Nuancen ihrer Persönlichkeit umfassend kennen zu lernen. Deswegen mag die hier folgende Erzählung stellenweise konfus erscheinen, genauso wie Zia Caterina auch selbst ist. Sie wird eine Mischung sein aus Gegenwart und Vergangenheit, aus Erinnerungen und Reflexionen, in die Caterina unversehens immer wieder ihr Gegenüber mit einbezieht. Es wird eine Geschichte sein von Teilen eines Lebens oder besser von *Lebensscherben*. So bezeichnet es jedenfalls

Padre Bernardo, der ein wichtiger Begleiter von Zia Caterina ist. Das heißt, es wird die Geschichte all derer sein, die ihren eigenen Lebensweg mit dem von Caterina verknüpft haben. Mit den Geschichten dieser Menschen drückt sie sich selbst aus.

Caterina kleidet sich mit ihrem flippigen Outfit in das Gefühl, das sie mit all ihren Kindern und Jugendlichen verbindet. Wer sie trifft, fragt sich unweigerlich, woher all das kommt – und spürt zugleich, dass es auf diese Frage keine befriedigende Antwort geben kann. Man versteht nur, dass all diese Energie schon in Caterina war, noch ehe sie zu der Persönlichkeit wurde, die in Italien alle kennen oder zu kennen glauben. So antwortet sie zum Beispiel auf die Frage: „Wer warst du denn vor all diesem?" – „Ich war im Ungefähren." Diese Antwort verunsichert zunächst, doch dann erklärt sie selbst, was das bedeutet – nämlich jahrelang zu leben, ohne um die eigene Existenz zu wissen. Ja, in diesem Unwissen lebte sie, bis der Tod ihres Lebensgefährten Stefano bei ihr etwas auslöste. Sie wurde sich bewusst, was es heißt zu leben. Während sie das erklärt, lacht sie, fast bitter, verstellt ein wenig die Stimme und nimmt so diesem Gedanken ein bisschen seine Tiefe.

In einfachen Worten spricht sie über eines der wichtigsten Probleme unserer Zeit: darüber, nur annäherungsweise zu leben, so lange bis uns etwas plötzlich aus dieser Art Erstarrung löst, in der wir gefangen sind. Dann beginnen die einzelnen Augenblicke zu leben, zu atmen. Man erkennt jeder Minute einen genauen Wert zu. Die „Begabung" von Caterina Bellandi besteht darin, jeden Augenblick ihrer Existenz mit Leben erfüllt zu haben. Doch es lässt sich nur schwer festmachen, an welchem Punkt die Verwandlung von Caterina in Zia Caterina angefangen hat, weil sie so ein außergewöhnlicher Mensch ist.

Ihre Freundin Kris hilft uns, Caterinas erste Schritte hin zu der Person, die sie jetzt ist, nachzuzeichnen. Kris stammt aus Russland. Sie kannte Caterina bereits, als diese noch keine Strohhüte aufsetzte und noch nicht ihre wehenden Umhänge trug, sondern in einem Unternehmen in Prato arbeitete. Damals war Caterina so wie viele andere auch. Eine Frau aus wohlhabender Familie, die gerne den Feierabend mit Freundinnen und Freunden verbrachte. Kris und Caterina hatten sich über die Arbeit kennengelernt. Ihre Freundschaft begann zufällig. Dann trafen sie sich häufiger. Kris merkte als eine der ersten, dass sich Caterina und Stefano ineinander verliebt hatten, dass sie glücklich zusammen waren, dass da eine Liebesgeschichte gelebt wurde. Kris bekam aber auch die tragische Zeit mit, die sehr bald Caterinas Leben überschattete: Stefano wurde krank und starb. Nach seinem Tod war Caterina lange Zeit sehr verletzlich. Sie hatte die Orientierung verloren.

In dieser so bedeutsamen Zeit ihres Lebens wurde für Caterina die Nähe zu Kris besonders wichtig. Noch heute spricht Caterina sichtbar bewegt und voller Dankbarkeit von ihrer Freundin, denn Kris streckte die Hand aus, bot Hilfe an, als Caterinas Schmerz über den Tod ihres Lebensgefährten so stark wurde, dass er sie fast erdrückte. In den Jahren direkt nach Stefanos Tod ließ die junge russische Freundin sie nicht alleine. Zwei Jahre nach seinem Ableben organisierte sie eine Reise nach Russland. So führte sie Caterina langsam ins Leben zurück. Mit leiser Ironie bezeichnet diese das Abenteuer als „die Reise der Klöster und Friedhöfe". Denn die beiden Freundinnen besichtigten vor allem Klöster und Friedhöfe. Für beide war diese Reise eine wichtige, ja einzigartige Erfahrung, ein Zeichen der Liebe, die Kris gegenüber ihrer Freundin empfand. Sie war aber auch eine Art Abschied, denn die junge Russin erwartete damals ihren ersten Sohn. Kris wusste genau, dass sie nach dessen Geburt nicht mehr so intensiv wie bisher Caterinas Leben würde teilen können.

Nach dieser Reise trennten sich die Wege von Caterina und Kris. Auch wenn es ihnen nicht mehr gelingt, sich so häufig zu sehen und zu treffen, wie damals, bleibt Kris bis heute ein wichtiger Bestandteil des Lebens von Tante Caterina. Zwischen beiden ist in den Jahren der großen Nähe und des Mit-Aushaltens von Caterinas Trauer eine starke, unauflösliche Bindung entstanden, der ein zeitlicher und räumlicher Abstand nichts anhaben kann. Kris bewundert Caterina, ihr Engagement, die Leidenschaft und Energie, mit der sie sich für die Kinder der Meyer-Kinderklinik in Florenz einsetzt. Doch gerade weil Kris jetzt selbst Mutter ist, spürt sie auch ihre eigenen Grenzen. Es ist ihr nicht möglich, Caterina ständig zur Seite zu stehen, ohne selbst zu sehr von einem Leid ergriffen zu werden, das sie nicht verarbeiten kann. Deswegen hält sie Abstand. Sie beobachtet Caterina und bleibt trotzdem ihre Freundin. Caterina versteht das. Sie verlangt nicht, dass Kris sich anders verhält. Weil jede die Entscheidung der anderen respektierte, führte die Tatsache, dass beide andere Lebenswege einschlugen, nicht zu einem Bruch ihrer tiefen Bindung.

Man kann von Caterina nicht verlangen, zusammenhängend ihr Leben zu erzählen. Sie verknüpft Erinnerungen mit plötzlichen Reflexionen und unterbricht so ständig den roten Faden der Ereignisse. Man hört ihr also einfach zu, lässt sich einfangen von jenen Gedanken, die sie leicht, aus dem Stegreif heraus entwickelt. Diese Reflexionen sind das Ergebnis innerer Umwandlungsprozesse, immer tiefgründig, mögen sie nun Jahre oder auch nur Minuten lang gedauert haben. So tiefgründig, dass man unweigerlich selbst darüber nachdenken muss. Unsere Treffen habe ich immer so gestaltet, dass sich Caterina völlig frei äußern konnte. Konkrete Fragen habe ich nicht gestellt. Das wäre so gewesen, als wollte ich einen Vogel in einen Käfig einsperren, ihn daran hindern zu fliegen. Der Respekt vor Caterina, vor ihrer Persönlichkeit legte diese Vorgehensweise nahe.

Ihre Reflexionen, die immer wieder den Gang der Erzählung ihres Lebensweges unterbrachen, helfen auch, besser den Charakter von Zia Caterina zu verstehen, zum Beispiel das Nachdenken über die „unruhigen Seelen": Caterina sagt, wir seien alle „unruhige Seelen". Unermüdlich zermartern wir uns den Kopf bei der Suche nach Antworten auf drängende Fragen. Doch auf diese Fragen gebe es hier auf der Erde keine Antworten. Immer wieder greift sie dieses Thema auf. Es prägt grundlegend ihre innere Entwicklung. Caterina lächelt, wenn sie davon spricht. Denn sie erinnert sich daran, wie sie sich selbst vor vielen Jahren fühlte. Dann fügt sie hinzu, dass einen das verbiesterte Suchen nach Antworten, die man hier auf Erden nicht finden kann, krank macht. Diesen Gedanken begleitet sie mit einer Handbewegung: schnell, wie verrückt klopfen die Spitzen ihrer Zeigefinger aneinander. Caterinas Gebärden zeichnen nach, wie es ihrer Meinung nach in unserem Inneren aussieht. „Genau an der Stelle, an der wir geistig nicht weiterkommen, entsteht ein Hindernis. So wird die Energie blockiert und wir werden krank. Früher lebte ich auch so. Um jeden Preis wollte ich Antworten auf meine Fragen. Doch dann habe ich verstanden, dass ich mich an den Himmel wenden sollte. Hier unten fand ich keinen Frieden. Der Tod ist nicht gerecht und nicht die Krankheit. Jemanden zu verlieren, den wir lieben, ist nicht gerecht. Nur der Himmel kann uns Antwort geben."

„Und was ist mit den ruhigen Seelen?", fragte ich sie darauf. „Das sind diejenigen, die sich zufriedengeben, die keine Fragen stellen und die ohne eine genaue Einsicht in die Dinge leben. Sie akzeptieren alles, was auch kommt, passen sich an die Ereignisse an. Es gibt sehr viele, die so sind. Wer sich aber selbst aufs Spiel setzt und sich Fragen stellt, so wie ich das getan habe, kann nur unruhig sein."

Auch das ist Caterina. Man bekommt unerwartete Lektionen über Lebensweisheit.

KAPITEL 2

Das Taxi

Von Caterina kann man nur erzählen, wenn man in ihr Taxi steigt und ihr zuhört. Sie spricht über viele Themen, dabei geht so manches bunt durcheinander. Es ist nicht einfach zuzuhören, wenn sie zwischen ihren Erinnerungen hin und her schwingt wie auf einer Kinderschaukel. Einiges weiß sie nicht mehr so genau, auf anderes spielt sie an, unterbricht sich dann wieder, hat Erinnerungslücken. An Daten erinnert sie sich nur ungefähr. Sie lässt Erlebnisse nur eben anklingen, sich mit anderen vermischen, doch dann wird klar, dass sie doch nicht zusammenpassen. Wer Caterina kennt, weiß, dass es nicht anders sein kann. Sie lebt ganz in der Gegenwart, die schnell wieder verfliegt. Emotionen gehen ihr unter die Haut und bleiben dort.

Im Taxi finden wir uns in einer bunten Welt wieder, voll mit Plüschtieren, riesigen Ohren, quiekenden Schweinchen und Sonnenbrillen in den verrücktesten Formen – entsprechend den wildschrillen Kleidern, die Caterina trägt: eine Apotheose, Vergöttlichung, Überhöhung des Lebens. Wer sich in das Taxi setzt, spürt Schwingungen, die sich ständig verstärken: Stimmen, Lachen, Weinen, Schmerz, Hoffnung der vielen Lebensausschnitte, die Caterina miterlebt hat, in denen sie geholfen hat. Alles liegt hier in der Luft. So als säßen die jeweiligen Menschen hier in diesem kleinen Kosmos immer noch unsichtbar auf den Sitzen. Wer sich nun hier drinnen, zwischen all den untereinander verbundenen Lebensteilen befindet, spürt besonders stark die Präsenz eines dieser Teile. Es ist das älteste und wichtigste. Denn in ihm hat diese ganze Geschichte ihren Ursprung. Es ist der Teil von Stefano.

Als sich Stefano und Caterina ineinander verliebten, hatten sie gerade eine sehr schmerzhafte Zeit durchgemacht. Beide hatten etwas verloren: Caterinas Ehe war nach wildem Streit auseinandergegangen. Sie trug tiefe Verletzungen davon. Stefano hatte seine Verlobte verloren. Sie war an Leukämie gestorben. Diese Zeit ist für Caterinas Lebensgeschichte äußerst wichtig: Genau damals entstand das Taxi Milano25. Die Mutter von Stefanos Verlobter hatte ihm das Auto geschenkt, als Dank für die Liebe und Sorge um ihre

Tochter, mit der er sie bis an ihr Lebensende begleitet hatte. In dieser noch vor der Zeit mit Caterina gelebten Liebesgeschichte hat das Taxi Milano25 seinen Ursprung. Mit ihm verdiente Stefano in der Folgezeit seinen Lebensunterhalt. Das Taxi war die Grundlage seiner Existenz. Er verdiente damit Geld. Die zwischenmenschliche Beziehung, die er häufig zu seinen Gästen aufbaute, machte ihn glücklich. Wie eine kleine Tour über den Jahrmarkt, bei der alle, die es wollten, von sich erzählten. Lebensgeschichten, offenbart in einer Handvoll von Minuten. Stefano liebte seinen Beruf als Taxifahrer. Er war überzeugt, eine Arbeit von gesellschaftlichem Nutzen zu verrichten, nicht nur weil er den Menschen nützlich war, die er beförderte, sondern auch weil sich deren Seelen unbewusst auf eine kurze Fahrt begaben.

Das Leben sorgte dann für eine Wiederholung. Die Liebe, die er geschenkt und erhalten hatte, führte dazu, dass er Caterina kennenlernte. Ja, die Liebe ist ein seltsames Erbe, wie ein Garnknäuel wickelt sie ihre eigenen Fäden ab. Dabei folgt sie geheimnisvollen Pfaden: Das Netz aus Liebe, das von der Großzügigkeit der Mutter von Stefanos Verlobter ausging, schlang sich um Caterina, die zerbrechliche Frau mit den grünen Augen und dem lieben Blick. In ihrem Verlangen nach Liebe, nach der sie schon immer gesucht hatte, war sie bis dahin immer wieder verraten worden. Empathie, Übereinstimmung, Teilen, Komplizenschaft kennzeichneten von Anfang an die Beziehung von Stefano und Caterina. In dieser Liebesbeziehung lernte Caterina so unendlich viel. Deshalb dachte sie: „Diesmal ist es für immer." Doch das Leben wiederholt auch den Schmerz - plötzlich wurde Stefano krank.

Wer glücklich ist, kann sich nicht vorstellen, dass das, was er oder sie gerade lebt, so flüchtig sein kann: Plötzlich stellt die Nachricht von einer schweren Krankheit das eigene Leben auf den Kopf. Die Prioritäten ändern sich - es gibt nur noch ein einziges Ziel, wie Caterina sagt: „Gesund werden." Dann beginnt der Versuch zu verstehen, nachzuforschen, sich Fragen zu stellen, auf die es keine Antwort gibt. Sicher ist nur, dass sich alles ändert. Was früher mal ein „Problem" war, löst sich in Luft auf, verschwindet, nichts bleibt davon zurück. An dem Tag, an dem Caterina erfuhr, dass Stefano an Lungenkrebs erkrankt war, fragte auch sie sich, wie sich dieser unerwartete Gast, ohne um Erlaubnis zu fragen, hatte einschleichen können in das glückliche Leben, das sie damals führten. Warum die Erde plötzlich anfing zu beben und sich unter ihren Füßen ein Abgrund auftat. Auf diese Fragen gab es keine Antwort. Niemand kann erklären, was zu tun ist, wenn ein derartiger Tsunami mit voller Breitseite auf ein Leben trifft, in dem bis zu diesem Augenblick alles glattlief. Stefanos Krebserkrankung war dieser Tsunami. Er traf Caterina im Jahr 2000. Er spaltet die Zeit in ein „Vorher" und ein „Nachher".

Wenn Caterina ihre Geschichte erzählt und von Stefano redet, schaut sie ihrem Gegenüber mit stechendem Blick direkt an. Grün sind ihre Augen, mit gelben Pünktchen in der Iris. Der Blick aus diesen Augen dringt tief in die Seele hinein. Man erstarrt, wenn man ihm standhält. Er spricht noch intensiver, als die Worte klingen, die Caterina sagt: „Als Erstes habe ich mich in Stefanos Leben verliebt. Ich bin in sein Leben hineingeschlüpft wie in ein Kleid, weil er selbst das von mir verlangt hat. So habe ich dafür gesorgt, dass er weiterlebt. Dann ist sein Leben zu meinem Leben geworden und heute bin ich in das verliebt, was ich mache." In diesen wenigen Worten spürt man die Macht der Liebe, die beide miteinander verbunden hat, eine so starke Macht, dass nicht einmal der Tod sie brechen konnte.

Paradoxerweise scheint sie durch die Abwesenheit Stefanos um ein Vielfaches gesteigert, überschreitet persönliche Grenzen und steckt schließlich viele andere Menschen an. Stefanos Erbe hat einen Wert, der nichts zu tun hat mit Häusern, Grundstücken oder Schmuckstücken. Er hinterließ Caterina das, was ihm nach Caterina in seinem Leben am liebsten war: sein Taxi, seine Welt, vor allem die Worte „Du wirst Taxi Milano25 sein". Caterina entwickelte diesen Satz dann zu einer Lebensweise weiter, die heute ihr Alleinstellungsmerkmal ist.

Im Sturm der Gefühle, die mit dem Tod eines Menschen verbunden sind, hätte jeder diesem letzten Wunsch zugestimmt. Doch brauchte es schon eine gewisse Dosis an Verrücktheit, um diesen Wunsch ernsthaft umzusetzen, sich mit dem Leben eines anderen Menschen regelrecht zu umkleiden. Caterina hat das wirklich getan. Ein wenig wie Franz von Assisi, der nach seiner Rückkehr aus dem Krieg die Kleider ablegte, die er am Leib trug, und sich nackt auszog, legte auch Caterina ihre eigenen Kleider ab. Stefanos Krankheit war Caterinas Krieg. Hier verschwimmt die Grenze zwischen Normalität und Verrücktheit. Manchmal entsteht Wahnsinn aus einem derart tief verwurzelten Schmerz, dass da keinerlei Raum besteht für Zweifel und Bedenken, dass man einfach den Weg geht, den zu gehen man sich gezwungen fühlt. Nicht einmal der entgeisterte Blick der anderen, ihre Augen, die prüfend auf dir ruhen, die deine Seele erforschen und verstehen wollen, ob sich dort nicht zufällig irgendein Mikroorganismus von unkontrollierbarem Wahnsinn eingenistet hat, kann verhindern, dass du in einer bestimmten Richtung vorangehst. Genau das hat Caterina getan. Sie kannte sich mit Taxis nicht aus, wusste nichts von Stadtplänen, Straßen und Örtlichkeiten. Doch das Versprechen, das sie Stefano gegeben hatte, trieb sie an und schenkte ihr den Mut, weiterzugehen und sein Leben zu ihrem zu machen. Was braucht man, um so etwas zu machen - Mut oder Verrücktheit? Vielleicht beides. Die Verrücktheit braucht den Mut, wie im Falle von Caterina, um einfach zu handeln. Sie gab ihre eigenen Gewohnheiten radikal auf, um Platz zu machen für das Leben ihres Gefährten, damit der lebendig bleibt. Das ist ihr perfekt gelungen. Aus ihrem Umhang, dem Hut, aus jeder Kleinigkeit, die sie anhat, hört man Stefanos Stimme fortklingen.

Während wir mit dem Taxi zur Meyer-Kinderklinik in Florenz fahren, erzählt mir Caterina weiter verschiedene Anekdoten aus ihrer Vergangenheit. So spricht sie davon, wie Cesare Prandelli, der Trainer der italienischen Fußballnationalmannschaft sie von hinten um die Schultern fasste und sie so ein Foto machten. Sie habe dabei gelächelt und gesagt: „Wir sind auf diesem Foto nicht allein, nicht wahr?" Prandelli hatte kurz vor diesem Zeitpunkt seine Frau verloren und sie Jahre zuvor Stefano; doch waren beide Verstorbenen spürbar da, vielleicht sogar intensiver, als wenn sie in Fleisch und Blut anwesend gewesen wären. Die Erinnerung hielt sie am Leben.

So spricht Zia Caterina über dies und das, über sehr vieles, während sie in Florenz ihr Taxi durch den Verkehr lenkt. Sie lächelt beim Äußern dieser Gedanken – ein offenes, einladendes Lächeln.

Über den Schmerz spricht sie wie über jedes andere Thema auch. Sie weiß genau, was sie sagt. „Man lernt, im Schmerz zu bleiben", sagt sie zum Beispiel – Worte, mit leichter Stimme gesprochen, fast schwebend über den bunten Kleidern. Man versteht sie sehr gut, wenn man die verschiedenen Teile des Lebens genauer anschaut. Caterina hat von Stefanos Tod gelernt. „Es ist nicht einfach, innen im Schmerz zu bleiben", sagt sie dann, während das Taxi weiterfährt in Richtung Kinderkrankenhaus. „Denn im Schmerz zu bleiben bedeutet nicht, zu fragen, wie es einem geht, sondern diesen Schmerz in jedem Augenblick zu teilen, ihn gemeinsam zu tragen, ihn auf deiner Haut zu spüren. Kurz und gut ... es bedeutet genau dort zu sein." Das ist klar. Der Schmerz nimmt noch zu, während sie das Taxi vor der Kinderklinik parkt. Mit festen Schritten geht sie in ihren hochhackigen Stiefeln zum Krankenhaus.

Geradewegs geht sie auf den Weg zu, der sich vor ihr auftut. Als die hier versammelten Menschen zu beiden Seiten zurückweichen, gleicht Caterina Moses, als er den Israeliten den Weg durch das Meer bahnte. In der Klinik angekommen, spiegeln sich die bunten Farben ihrer Kleidung in den weißen Wänden der langen, anonymen Flure und bringen diese zum Leuchten. Eine Welle überraschender Farbspiele folgt ihr. Sie scheinen hinter ihrem Rücken zu tanzen, während sie mit stolzem Blick und lächelnd voranschreitet. Hier und da schwenkt sie grüßend ihr Schirmchen.

In diesen stillen Räumen locken die Farben ihrer verrückten Kleidung Menschen an: Kranke, begleitende Familienmitglieder, Pfleger und Krankenschwestern, die hier arbeiten. Das Virus der

Liebe, die hier hereingeschneit kommt, sicher, ja fast dreist, steckt alle an, auf die es trifft. Vielleicht rümpfen auch manche die Nase – Caterina gefällt nicht allen. Möglicherweise macht sie mit ihrer inneren Kraft, sie selbst nennt diese „Glauben", ja manchen auch einfach Angst.

Kurz vor unserer Ankunft in der Kinderklinik sprachen wir über die Jahre, in denen sie ihren Weg begann, den sie heute voller Stolz fortsetzt. Der Anfang war überhaupt nicht einfach. Aus der Art, wie sie darüber redet, höre ich die vielen Schwierigkeiten heraus, mit denen sie fertigwerden musste, als ihr noch fast niemand Vertrauen schenkte.

KAPITEL 3

Anfänge und Intuition

Glaubwürdigkeit ist keine leichte Angelegenheit. Sie entsteht nicht an einem Tag. Vor allem dann nicht, wenn das Engagement vorgegebene Strukturen sprengt. Hier hilft eine besonders ausgeprägte Fähigkeit zur Intuition den Wert des Begonnenen zu erfassen. Nicht alle Menschen haben diese Begabung. Die Intuition hängt stark von der Sensibilität der Menschen ab, von ihrer Empfänglichkeit und dem „Gespür" für andere. Um das Misstrauen zu überwinden, mit dem viele Menschen dem begegnen, was aus der Reihe fällt, was „anders" ist, braucht es Empathie. Im Alltag erfahren wir oft, wie jemand, der nicht in die gängigen Schemata und Normen passt, Angst hervorruft. Menschen, die diese oft unbegründete Angst verspüren, machen andere klein oder verleumden sie, um sich selbst zu verteidigen. Durch die Ablehnung von Menschen, die andere Kleider tragen als man selbst, bekämpft und vertreibt man die eigene Angst. Das Misstrauen vieler Menschen bekam Caterina zu spüren, ja sie merkt es noch heute.

Vor allem als sie nach Stefanos Tod 2001 als Taxifahrerin zu arbeiten begann, urteilten manche hart. Sie selbst sagt, verschiedene Leute hätten geglaubt, sie sei „durch den Wind wie ein Gatter auf der Wiese". Selbst heute noch äußern sich Menschen so, wenn sie sie sehen. Ihr Taxi am Bahnhof von Florenz erregt doch ziemlich Aufmerksamkeit – mit seinen Körben, vollgestopft mit Plüschtieren, die aus den Fenstern herausschauen, und den auf die Motorhaube gemalten Spinnennetzen. Allein durch ihre Gegenwart begann Zia Caterina schon damals „Krach" zu schlagen, obwohl sie doch gar nicht redete. Dabei zog sie sich zu dieser Zeit noch nicht so schrill an wie heute: ein großer Strohhut auf dem Kopf war ihr einziges Erkennungsmerkmal. Ein Blickfang, der sie unter allen anderen hervorstechen ließ. Damals glich sie noch einer verpuppten Raupe, die darauf wartete, zum Schmetterling zu werden. Caterina war sich auch noch gar nicht bewusst, welche Verwandlung in ihr mit Stefanos Tod begonnen hatte. Was passiert war, hatte in ihr das Gefühl geweckt, es finde ein „Wandel" statt, aber in welche Richtung es gehen sollte, damit dieser auch zu etwas Bedeutsamem führen konnte, wusste Caterina zu dieser Zeit noch nicht. Sie hatte bereits ihre gemeinnützige Organisation Taxi Milano25 gegründet. Leider entwickelte sich diese nicht so schnell, wie Caterina zunächst gehofft hatte. So viele Hindernisse! Ihre stets kreativen Ideen stießen sich an der Wirklichkeit.

Eine zufällige Begegnung im Jahr 2002 führte dazu, dass sie krebskranke Kinder gratis zur Meyer-Kinderklinik fuhr: eine Familie, Vater, Mutter und Tochter, waren in ihr Taxi gestiegen. Die Kleine hatte gerade dieses Auto gewählt, weil ihr eine auf die Kühlerhaube gemalte Blume so gut gefiel. Im Umgang mit Caterina gewöhnt man es sich ab, an Zufälle zu glauben. Wer ihren Erzählungen lauscht, sieht, wie sie eine Art riesiges Garnknäuel entwirrt. In einem einzigen dünnen Faden zeichnet sie symbolisch jede einzelne Episode ihres Lebens, und sei sie auch noch so klein, nach. Wie sie es von Stefano gelernt hatte, sprach Caterina mit ihren Fahrgästen. Auch dieses Mal schuf das Gespräch eine zwischenmenschliche Beziehung. So fragte sie beim Wechseln von einem Gesprächsthema zum anderen das kleine Mädchen, warum es sich nicht von seinen Eltern ein kleines Geschwisterchen schenken ließe. Prompt kam diese Antwort: „Ich hatte schon ein kleines Brüderchen, aber es ist in den Himmel geflogen." Sätze, wie dieser, treffen Menschen direkt ins Herz, besonders wenn sie wunde Punkte berühren, Narben aus tiefen Verletzungen, die das Leben geschlagen hatte. So war es bei Caterina.

An diesem Tag legten die Worte des kleinen Mädchens eine Zündschnur in Caterinas Seele. Die Zia spürte, dass diese Begegnung zu einem bestimmten Projekt leiten würde. Tatsächlich hatten die Eltern des Mädchens zur Erinnerung an ihren Sohn eine Non-Profit-Organisation gegründet. Über ihren Verein sammelten sie Spenden, um kranken Kindern in der Meyer-Kinderklinik zu helfen. Caterina wiederum suchte einen Weg, um Antworten auf Stefanos Tod zu finden. So trafen die Anliegen beider Seiten zu diesem Zeitpunkt aufeinander. In diesem Augenblick verspürte Caterina das Bedürfnis, nicht mehr um sich selbst zu kreisen, sondern für andere da zu sein, sich ihnen zu schenken. Sie begann also Kinder, die in die Kinderklinik mussten, unentgeltlich dorthin zu transportieren.

Wenn wir einen neuen Weg einschlagen, wissen wir nicht, wohin die Reise wohl führen wird. Während der Fahrt denken wir an dieses und jenes, das Ziel wird immer schwerer zu erkennen. Doch ab dem Augenblick, in dem Caterina eine neue Richtung einschlug, war ihr, als sei ihr ein Licht aufgegangen und habe für sie etwas aufscheinen lassen, das sie nach und nach entdecken sollte: ihr eigenes „Talent". Dieses Wort ist der Tante wichtig. Sie betont immer, dass wir alle unsere je eigene Begabung mitbekommen haben. Natürlich konnte sie noch nicht ahnen, welche Schwierigkeiten, Auseinandersetzungen sie auf ihrem eigenen Weg haben würde und wie oft sie enttäuscht und erniedrigt werden würde. Das betont sie wiederholt, während sie diese Tage in Gedanken wieder aufleben lässt. Trotz der Schwierigkeiten tauchte die Energie wieder auf, aus der heraus sie von Anfang an auf diesem Weg lebte. Es war für Caterina eine sehr wichtige Zeit, denn jedes Mal, wenn sie Kinder in die Klinik fuhr, wuchs sie ein wenig. Sie wuchs mit den Gefühlen, an denen dankbare Familien und Eltern sie teilhaben ließen, dankbar, weil sie wahrgenommen wurden, „gesehen", unterstützt und moralisch aufrecht gehalten auf Fahrten, die manchmal immer schwieriger für sie wurden. Caterina wuchs in ihrem Schmerz und in ihren Hoffnungen. Ab da begannen die Augenblicke der Liebe, die sie anderen schenkte, ihr eigenes Leben zu nähren. Ein beständiger Austausch, der das Leben aller Beteiligten bereicherte.

In diesen Jahren begann Caterina nach innen zu schauen und sich selbst kennenzulernen. Dabei schaute sie die einzelnen Schichten ihrer Seele an, blätterte in ihnen wie in den Seiten eines Buches. Auf den einzelnen Zeilen „las" sie sich selbst. So drang sie vor bis zum Wesenskern ihrer eigenen Natur. Sich selbst zu entdecken, bedeutet auch, sich nach und nach anderen so zu zeigen, dass auch diese einen entdecken können. Mit seinem Taxi hatte Stefano das Werkzeug für Caterina hinterlassen, mit dem sie dieses kleine Wunder vollbrachte. Damals begann sie, es auch wirklich zu benutzen. Krankheit ist eine zentnerschwere Bürde. Um kranken Kindern diese Last etwas leichter zu machen, stattete Caterina das Taxi mit Puppen und Kuscheltieren aus. Einen großen Strohhut setzte sie auf, weil sie merkte, dass diese Aufmachung ihr das Herz jedes Kindes öffnete; der Strohhut erinnert an Märchen, schenkt Sicherheit. Die Kinder fühlen sich zu Hause, geborgen. Es ist wichtig, jemandem, der sich auf den Weg der Hoffnung macht, dieses Gefühl zu vermitteln.

In dieser Zeit entwickelte sich Caterina weiter. Aus einem Bauchgefühl heraus hatte sie sich auf einen Weg gemacht. Dem folgte sie nun unter großen Schwierigkeiten. Riesige Probleme bekam sie, als sie sich wieder von der Familie löste, mit der sie einige Jahre lang zusammengearbeitet hatte. Diese Trennung war unvermeidlich geworden. Denn im Jahr 2007 merkte Zia Caterina, dass es für sie an der Zeit war, erneut die Richtung zu wechseln und ein anderes Ziel anzusteuern. Die Jahre vorher hatten ihr dazu gedient, noch klarer ihr Inneres zu erkennen.

Das können nicht alle Menschen verstehen. Auch gehen nicht alle Menschen Veränderungen mit, die zu einem Bruch führen. Viele akzeptierten damals nicht, dass Caterina nicht mehr ihren Erwartungen entsprach, sondern einen anderen Weg einschlug. „Entweder bist du für mich oder gegen mich", dieser weit verbreitete Gedanke beschreibt das Handeln der anderen. Caterina musste mit etlichen wichtigen und einflussreichen Menschen in Florenz abrechnen, die sich abgestoßen fühlten von ihrer immer stärker zu Tage tretenden „Andersartigkeit".

Einer Gesellschaft, die sich an sehr enge, seit Jahren bestehende soziale Regeln hielt, wurde Caterina mit der Zeit einfach zu lästig, zu schrill und auch zu aufdringlich. Sie musste in diesen Jahren viel Kritik aushalten. Oft fühlte sie sich abgewertet, ja schlimmer noch, verlacht, während sie doch die Botschaft der Liebe verkünden wollte, die sie im Laufe der Zeit immer stärker in sich verspürte. Darunter hat sie gelitten. Das ist menschlich, uns allen würde es so gehen. Mit der Zeit versuchte sie die durch das verletzende Verhalten eines

Teiles der Gesellschaft ihr gegenüber verursachten Gefühle zu verdrängen.

Stirnrunzelnd holt sie nun diese Fragmente ihrer selbst, die sie vor Zeiten in die Wellen eines weit entfernten Meeres geworfen hatte, in die Gegenwart zurück. Mühsam zieht sie diese Bruchstücke wieder ans Ufer. Sie will sie klar sehen und sie jeweils benennen. Eines nennt sie „Erniedrigung", ein anderes „mangelnde Glaubwürdigkeit", ein drittes „Oberflächlichkeit". Diese am Ufer aufgereihten Bruchstücke schaut Caterina mit Augen an, die durch die Leiden einen klaren Blick bekommen haben. Diese Vorwürfe waren damals wie ein frisch geschliffenes Messer. Viele zögerten nicht, es ihr mitten ins Herz zu stoßen. Sich daran zu erinnern, tut immer noch weh. Aber Schwierigkeiten stärken die Seele. Rückblickend gelingt es Caterina fast, diese Vergangenheit zu akzeptieren. Denn dieser Teil ihres Lebens hat sie vieles gelehrt. Inmitten der Schwierigkeiten ist sie gewachsen. Hier fand sie ein Mittel, die Stärke zu gestalten, die heute so klar und deutlich aus ihr hervorstrahlt.

Auch dieses Mal zeigte Caterina ihr Traum den rechten Weg. Die Abneigung der Menschen, die Angst davor hatten, von der Tante mit ihrem augenscheinlichen Talent in den Schatten gestellt zu werden, vermochte nichts auszurichten gegen den Mut, mit dem Caterina sich bewaffnete.

Das wirkt wie ein Oxymoron, ein Widerspruch in sich – und ist es im Grunde auch: sich bewaffnen, um die Liebe zu verteidigen. Es ist doch ziemlich absurd, sich gegen Angriffe verteidigen zu müssen, weil man anderen helfen möchte, und doch ist es so. Damals wurde sie auf jede nur mögliche Weise angegangen: zum Beispiel durch Bußgelder, weil ihr Taxi zu bunt war, durch ständige Kontrollen, ob sie als Taxifahrerin auch wirklich alle Regeln einhält, oder auch durch das Verbot, von einer Seite zur anderen zu fahren – alles mit dem Ziel, sie in Misskredit zu bringen und zum Aufgeben zu zwingen. Wer aber einen Traum verwirklicht, so wie Caterina, kapituliert nicht. Das ist eine ihrer Lehren.

Schon damals verließ Caterina morgens energiegeladen ihr Haus. Sie wusste, dass nicht nur die verschiedenen Probleme ihrer Super-Heldinnen und -Helden auf sie warteten: zum Beispiel eine Chemotherapie, eine Operation, der Tod, die Hoffnung ... Sie wusste auch, dass sie gegen eine Welt würde kämpfen müssen, die nichts von ihr wissen wollte, weil sie zu revolutionär war, weil man mit ihr nicht umgehen konnte. Menschen wie sie haben vor allem am Anfang Mühe, Anklang zu finden, weil sie einfach zu viel Aufsehen erregen und auch, weil sie scheinbar ein schon lange gut laufendes System durcheinanderbringen. Davon muss man einfach eine Ahnung haben. Sonst versteht man nicht, welche Art Umschwung Caterina in ein System hineinbrachte, das aufgrund seiner eigenen Gewöhnlichkeit und Ordnung krank geworden war.

Die Journalistin Cecilia Sandroni ahnte das, als sie in Florenz Zia Caterina kennenlernte. Es gelang ihr, Caterinas Kraft zu „spüren", ihre Botschaft der Liebe wahrzunehmen. Das geschah nicht so sehr aufgrund ihres Berufes, Cecilia war eine Expertin in Kommunikation, sondern aufgrund von Empathie, wie es sie nur zwischen verwandten Seelen gibt. Dieses Mitgefühl erlaubt ein und dieselbe Sprache miteinander zu sprechen. Cecilia und Caterina konnten einander zuhören. Die Kommunikation zwischen ihnen klappte gut. Dieser Austausch führte zu einem tiefen Vertrauen. Seite an Seite verwirklichten beide in sieben Jahren vertrauensvoller Zusammenarbeit wichtige Projekte. Dank der Pressearbeit von Cecilia erschienen in zahlreichen englischen und amerikanischen Tageszeitungen Berichte und Reportagen. Aufgrund dieser Berichterstattung nahmen Caterinas Bekanntheit und ihre Glaubwürdigkeit zu: Wer nicht mit dem Herzen lesen konnte, sollte wenigstens in die Lage versetzt werden, mit den Augen zu lesen. Dank ihrer wichtigsten Begabung bezüglich zwischenmenschlicher Beziehungen, der Intuition, schöpfte Caterina wieder Kraft. Wo ausgearbeitete, rationale Informationen fehlen und Platz lassen für einen sehr nahen Kontakt mit dem anderen Menschen, dort kommt die Intuition zum Tragen. Nicht alle besitzen diese Fähigkeit.

Das hat Zia Caterina am eigenen Leib erfahren. Sie spricht von einem Erlebnis, das sie einige Tage vorher gehabt hatte. Wieder einmal wurde sie ein Opfer von Misstrauen – das verletzt sie immer zutiefst: Drei Personen hatten sich geweigert, in ihr Taxi zu steigen und mit ihr zu tun zu haben. Sie erzählt das mit zitternder Stimme, so stark nimmt sie dieses Erlebnis noch immer mit. So sehr wünscht sie sich, die Menschen würden die Wahrhaftigkeit ihres tiefsten Herzens spüren, ohne dass sie lange Erklärungen abgeben muss. Doch spürt sie, dass die gesellschaftlichen Strukturen, in denen wir aufgewachsen sind, bei den meisten Menschen die Fähigkeit auslöschen, einfach mit einem „menschlichen Herzen" zu fühlen und zu hören. Vor allem wenn da jemand ganz anders ist, sucht man Sicherheit über eine Flut von Worten, die das rational erklären, was man instinktiv nicht verstehen kann.

Auf diesem Gebiet sind Kinder kleine Zauberer. Caterina weiß das nur zu gut. Sie nehmen wahr, was unter der Oberfläche schlummert. Bei Kindern braucht man keine Worte, sagt Caterina. Es reicht ein Lächeln, ihr Lächeln. Einfach die Mundwinkel nach oben ziehen, sich in die Augen schauen – das gleicht einer Haustür: Sie öffnet sich, damit du eintreten kannst. Dabei hast du das Gefühl, willkommen zu sein. Etwas intuitiv ahnen bedeutet, den anderen zu „spüren". Nur lange, geduldige Arbeit führt dahin.

Auf ihrem Weg hat Caterina noch einige andere so weitsichtige Menschen kennengelernt wie Cecilia. Darunter auch Politiker wie Matteo Renzi. Ohne Vorbehalte kam er auf sie zu – da war sofort eine große Offenheit zwischen beiden: „Hallo, ich heiße Matteo Renzi. Ich kandidiere für das Amt des Bürgermeisters." Und spontan die Antwort: „Hallo, ich bin eine Fee. Feen wählen nicht." Eine offenherzige Bemerkung, die beide nicht auf Abstand gehen ließ – im Gegenteil. Sie kamen sich näher. Denn die Ehrlichkeit ist wie eine Visitenkarte. Sie verhindert, dass man unnötig schwere Masken trägt. Über kurz oder lang kann man sie ja doch nicht aufrechterhalten. Begeistert empfing der Bürgermeister Caterina, wenn sie mit ihrer überbordenden Kraft hereingestürmt kam. Caterina ist wie ein Vulkan. In jenen Jahren begann ihr hitziges Temperament überall Menschen zu begeistern. Auch wenn diese Jahre hart für sie waren, so gewann sie in ihnen doch das nötige Selbstbewusstsein für das, was sie heute darstellt und tut.

Caterina muss mit sich kämpfen, um sich zu erinnern, denn diese Vergangenheit schmerzt. Dennoch denkt sie darüber nach. Sie versteht, wie wichtig die Schwierigkeiten sind, denen sie ausgesetzt war. Die Tante versucht Frieden zu schließen mit den Tagen, in denen viele Menschen gegen sie waren. Das ist nicht leicht, doch die Erinnerung an die Menschen, die ihr geholfen haben, gibt ihr Antwort auf die vielen harten Momente in ihrem Leben. Politiker wie der frühere Bürgermeister von Florenz und spätere italienische Ministerpräsident Renzi oder wie Eugenio Giani, der heutige Präsident der Toskana, denken anders als die meisten Menschen. Sie kamen ihr zu Hilfe, unterstützten ihre Projekte. Sie glaubten an den kecken Strohhut mit den Blumen, die über den Rand herunterhängen wie von einem Balkon. Sie waren mit Intuition begabt. Sie trugen mit dazu bei, dass Zia Caterina ihre eigene Revolution verwirklichen konnte. Andere hatten diese Intuition nicht. Ihre Vorurteile hatten sie von Anfang an zum Schweigen gebracht.

Ohne zu zögern, unterstützte Eugenio Giani Zia Caterina – bis hin zu ihrer außergewöhnlichen Reise nach Russland im Jahr 2008, zu der sie gemeinsam mit dem berühmten Arzt und Klinikclown Patch Adams aufbrach. Der Präsident der Toskana half, weil er an sie glaubte, weil er wusste, dass ihr Vorhaben nicht einfach eine flüchtige Spinnerei war. Aufgrund seiner Intuition verstand er ihre Vorschläge so gut, dass er dafür sorgte, dass die Fahrt vor dem Rathaus von Florenz beginnen konnte. Eine wichtige Geste. Zusammen mit der von ihm organisierten Pressekonferenz, die die Nachricht von Caterinas Fahrt entsprechend verbreiten sollte, trug Eugenio Giani dazu bei, dass jene blonde und in ihrer Botschaft der Liebe revolutionäre Fee weiter an Glaubwürdigkeit gewann.

KAPITEL 4

Mit Patch Adams nach Russland

Dieser berühmte Arzt und Clown machte sie neugierig. Seine Art, mit Kindern umzugehen, überhaupt mit allen Leidenden, zog sie an. Caterina hielt ihn für ähnlich sensibel wie sich selbst. Patch Adams hatte zu Beginn seiner Laufbahn die in den Krankenhäusern praktizierte Schulmedizin kritisiert. Intuitiv hatte er gespürt, dass Freude und gute Laune oft dazu beitragen können, Krankheiten zu heilen oder Menschen wenigstens beim Kampf gegen die Krankheit zu unterstützen. Revolutionär, das heißt von Liebe geprägt war auch seine Art, Krankheiten zu behandeln und Menschen, die austherapiert waren, auf dem Weg des Sterbens zu begleiten. Ähnlich wie Caterina musste er unzählige Schwierigkeiten überwinden, ehe er berühmt wurde. Genies wie Patch und Caterina treffen unweigerlich auf Vorurteile. Während er noch studierte, hatte man ihm vorgeworfen, er verbreite zu viel „Fröhlichkeit". Er hatte sich in die Gänge der onkologischen Abteilung hineingeschmuggelt, begonnen mit den Kranken zu plaudern und die krebskranken Patientinnen und Patienten aufzuheitern. Letztendlich siegte jedoch sein Traum, sein „Talent", über das Misstrauen der meisten Menschen.

Caterina fühlte sich von diesem Mann angezogen. Wie sie selbst, so hatte auch er seinen Traum verwirklicht und diesen zum Mittelpunkt seines Lebens gemacht. In Adams sah sie einen Menschen, der besser als andere ihre Berufung verstehen konnte. Caterinas und Patch Adams' Leben im Dienst am Nächsten hatte einen gemeinsamen Nenner: den Verlust eines geliebten Menschen. Caterina hatte Stefano verloren, Patch Adams als kleines Kind seinen Vater. Diese Verlusterfahrungen hatten beide sensibel gemacht und ihren Charakter geformt.

Caterina wollte unbedingt den Arzt-Clown kennen lernen. Als sie 2008 von Adams' Ankunft in Florenz erfuhr, fuhr sie mit ihrem Taxi direkt zum Flugplatz und stellte sich ihm vor. Während des gesamten Aufenthalts in Florenz wich sie ihm nicht von der Seite und chauffierte ihn zu allen Orten, die er besuchen sollte. Die Bekanntschaft mit Patch Adams stellt einen weiteren wichtigen Meilenstein in der Entwicklung von Tante Caterina dar. Da sind sich, wenn man so will, zwei „Giganten" begegnet, die sich gegenseitig durch ihre Erfahrungen bereicherten. Nach dem Ende seines Aufenthalts in Italien wollte Patch Adams sich bei Caterina für ihre Gastfreundschaft revanchieren. So lud er sie ein, ihn nach Russland zu begleiten. Er wollte sich mit dieser Frau, die genauso verrückt war wie er selbst, austauschen über seine Ideen und seine Berufung, eine besondere Beziehung zu kranken Menschen aufzubauen.

Es war nicht leicht, die Reise nach Russland zu organisieren. Doch die Stadt Florenz in Person von Stadtrat Eugenio Giani, der diese Fahrt für sehr wichtig hielt, unterstützte Caterina bei diesem Vorhaben. Ende Oktober 2008 war alles bereit. Auf der Pressekonferenz, zu der die Stadt Florenz eingeladen hatte, betonten verschiedene Institutionen die hohe Bedeutung dieser Reise. Am 30. Oktober ging es los. In ihrem bunten Taxi fuhr Caterina auf die Piazza della Signoria, den bedeutsamsten und schönsten Platz von Florenz. Ein prächtiges Schauspiel, festgehalten auf unzähligen Fotos. Sie zeigen eine strahlende Frau mit blonden Locken und großem Strohhut, die sich auf das große Abenteuer freute. Der Sender „Radio Toscana Network" begleitete jede Etappe dieser Reise.

In Russland wartete unterdessen der Arzt und Clown Patch Adams auf Caterina. Er hatte erwartet, sie würde mit dem Flugzeug anreisen, doch Caterina sorgte für eine Überraschung: Sie kam mit ihrem „Margherita" genannten Taxi. Das brauchte sie, um sich nicht verlassen zu fühlen. Wenn sie mit dem Taxi fuhr, war es für sie so, als hätte sie immer einen Teil von Stefano dabei. Es gab ihr Sicherheit. Nach einer abenteuerlichen Fahrt kam sie verspätet an. Caterina hatte sich im Nebel verfahren und war zunächst in Weißrussland gelandet. Sie hatte aber kein Visum für dieses Land, durfte es also eigentlich nicht durchqueren. Bürokratie ist für Caterina bis heute etwas Finsteres, einfach nur Undurchschaubares und Ärgerliches. Sie konnte und kann sich einfach nicht daran gewöhnen. Glücklicherweise traf sie einen Schutzengel in Form eines Übersetzers. Geduldig erklärte er den weißrussischen Grenzposten, dass diese extravagante Frau keineswegs gefährlich war. Letztendlich gab es nur einige Ermahnungen. Caterina nickte brav, entlockte den strengen Männern in den grauen Militäruniformen sogar ein kleines Lächeln. Eine Nacht lang schlief sie in der Nähe der russischen Grenze. Sie war fast am Ziel. Im Morgengrauen war sie eingenickt, wachte dann auf, richtete den Blick auf jenen noch unbekannten Horizont und dachte daran, dass sie in der kommenden Nacht wirklich in Russland schlafen würde. Als sie dann endlich am nächsten Tag die russische Grenze überquerte, war sie schrecklich aufgeregt, konnte die Anspannung kaum mehr aushalten. Sie hatte es geschafft, wirklich geschafft gemeinsam mit ihrem Reisegefährten! Mit ihrem Taxi! Sie hatte nicht fliegen müssen, nicht das für ihr Leben so wichtige Taxi in Florenz lassen müssen. Caterina war sehr stolz auf sich selbst! Mit Hilfe eines Freundes vom russischen PT-Cruiser-Club erreichte Caterina Moskau. Sofort begann sie mit dem Taxi in der Stadt umherzufahren, um ein Gefühl für die Straßen zu bekommen. Ihr buntes Auto, ein Wirbelwind aus Farbe und Fröhlichkeit, erregte die Aufmerksamkeit der an Ordnung und Regeln gewöhnten russischen Menschen.

Alle waren fasziniert von den fröhlichen Zeichnungen auf dem weißen Taxi der Tante. Karin, ihre Lieblingszeichnerin, hatte sie gemalt. Auch Karin hatte Caterina bei einem Aufenthalt von deren Tochter in der Meyer-Kinderklinik kennengelernt. Sie ist ebenfalls eines der Mosaiksteinchen in Caterinas Leben. Zum Glück stand am Ende des dunklen Tunnels, durch den Karin und ihre Tochter gehen mussten, die Heilung des kleinen Mädchens. Seit dieser Zeit verziert Karin Caterinas Taxis mit ihren Bildern: zur Zeit der Russlandreise waren das vor allem quietschbunte Schmetterlinge, Blumen, die sich an den Händen halten, kleine Spinnchen in ihren Netzen, die fröhlich von der Motorhaube des Autos grüßen. Als Caterina kreuz und quer durch die Straßen Moskaus fuhr, zogen sie förmlich die Blicke der russischen Kinder an.

Doch eines Tages wehte genau vor dem Kreml eine weiße Rauchwolke hinter dem Taxi her. Dann blieb es einfach stehen. Trotz aller guten Absichten des Taxis - die lange Reise und die Kälte waren einfach zu viel für das Auto gewesen. Ein harter Schlag für Caterina. Ohne den Schutz ihres Taxis fühlte sie sich hilflos allem ausgeliefert, fast wie nackt. Es tut gut, Caterinas Kommentare über diesen Zwischenfall auf ihrer Homepage zu lesen: Sie spricht von „Margherita" wie von einem Menschen aus Fleisch und Blut: „Das kapriziöse Fräulein musste von einem ungehobelten männlichen Abschleppauto abgeschleppt werden ..." Am nächsten Tag habe sie „das Fräulein dann im Krankenhaus besucht ..." Auch in dieser Situation blieb die Tante nicht allein. Genau zur rechten Zeit geschah etwas, das Caterina „Dioincidenza" – „gottgefügten Zufall" nennt. In diesem besonderen Fall hatte sich der „gottgefügte Zufall" bereits einige Monate vor ihrer Abreise ereignet. Damals war die Chrysler-Vertreterin für Moskau in ihr Taxi gestiegen. Man hatte ein paar nette Worte gewechselt, einander sympathisch gefunden. Caterina hatte von der geplanten Fahrt nach Moskau erzählt. Daraufhin gab ihr die Chrysler-Vertreterin ihre Visitenkarte und sagte: „Man weiß nie ... rufen Sie mich einfach an, wenn Sie mich brauchen." Dank dieser Begegnung in Florenz einige Monate zuvor wurde „Margherita" dann bestmöglich geholfen. Ein Telefonanruf genügte. Nur ein paar Tage später stand das Taxi Zia Caterina wieder zur Verfügung, bereit, sie weiterhin zu begleiten. So etwas nennt man Wunder oder auch positive Energie. Menschen wie Caterina ziehen positive Energie an. Genau dies unterscheidet sie von gewöhnlichen Menschen.

Wer Caterina zuhört, ihre Geschichte kennt, merkt, dass anscheinend alle Ereignisse in ihrem Leben einem genauen Plan folgen – so als fänden unterschiedliche Mosaiksteinchen, die offenbar nichts miteinander zu tun haben, urplötzlich ihren genauen Platz und es entstünde ein Gesamtbild, von dessen Existenz man einige Augenblicke zuvor noch nichts geahnt hatte. Bei Caterina geschieht das Unwahrscheinliche. Man hört ihr einfach zu. Das Leben selbst scheint ihr dankbar zu sein für ihr Grundvertrauen: im Gegenzug schenkt es ihr Hilfe in genau den Augenblicken, in denen sie Unterstützung braucht. Kleine freundliche Momente in Florenz bildeten die Grundlage für tiefe menschliche Begegnungen in Russland.

Werfen wir einen Blick auf das Wiedersehen von Patch Adams und Caterina in Russland: Hier trafen sich wahrlich zwei „Giganten". Das zeigt besonders deutlich ein Foto: Die beiden Titanen stehen einander gegenüber – jeder spiegelt seine eigene Welt. Adams trägt eine Art Overall mit einer rot karierten Hose, an der in Brusthöhe ein knallbuntes Oberteil angenäht ist. Er, graue, lange Haare, die seitlich zu einer Art Pferdeschwanz zusammengebunden sind, ein dichter, nach oben gezwirbelter Schnurrbart, schaut aus blauen, genau beobachtenden Augen fast streng auf den Farbenrausch, der von der Zia ausgeht. Sie, die ihr lautes Gelächter wie eine Visitenkarte einsetzt, mit ihrem Strohhut voller schaukelnder Phantasieblumen, blickt ihn an mit ihrem intensiven Blick aus Augen, die all ihre Gefühle verraten. Man merkt genau, dass sich da zwei starke, zugleich schrecklich verletzliche Persönlichkeiten gegenüberstehen, beide voll Charisma, beide gesunde Menschen, die Träume verwirklichen. Die beiden Riesen hatten den Mut, sich stets auf die Seite der am wenigsten Privilegierten, auf die Seite der Leidenden zu stellen. Dieses Foto ist eine Hymne an gesunde Verrücktheit und Genialität, die die streng geregelten Strukturen des gewöhnlichen Lebens verlässt und sich bewusst auf schwierige Wege begibt, auf Wege, wie sie die meisten Menschen vermeiden.

In jenen Tagen besuchten Caterina, Adams und eine große Schar von Freiwilligen Waisenhäuser, psychiatrische Anstalten und Kliniken. Für die Tante bedeutete jede Begegnung ein Wechselbad von Gefühlen, für die kleinen Patienten und Patientinnen und ihre Familien brachten die Treffen einen Windstoß frischer Luft. Sie waren dankbar, sich mit ihren dunklen Gedanken in der Einsamkeit, zu der einen Krankheit fast immer verdammt, nicht selbst überlassen zu bleiben. Aus dieser Zeit stammt ein für die Kleidung der Zia typisches Element. Sie trägt es heute noch: den Umhang. Adams hatte verlangt, Caterina solle eine rote Clownsnase anziehen, doch sie weigerte sich. So eine Nase passte einfach nicht zu ihr. Das spürte sie. Stattdessen wählte sie den Umhang als Kleidungsstück, das ihrer Persönlichkeit genau entspricht. Damit blieb sie sich selbst treu. Der Umhang symbolisiert etwas Beschützendes, nicht nur für sie selbst, sondern auch für andere. Mit dem Hut und dem Mantel verzauberte sie die Kinder, so wie die Kinder mit ihrer menschlichen Wärme und Freude, ihrem plötzlichen Auflachen Caterina verzauberten. Wohin sie auch ging, Kinder umringten sie, wollten umarmt und gestreichelt werden, freuten sich über ein Lächeln. In den Kliniken setzte sich Caterina auf den klinisch reinen Boden der Krankenzimmer oder der endlos langen und streng wirkenden Gänge. Sie setzte sich, so wie ihre Kinder sich setzten. Und während all die kleinen Hände sie verstohlen berührten, um auszuprobieren, ob sie auch echt sei, spürte Caterina, wie sie unter dem Blick dieser kleinen, leuchtenden Augen dahinschmolz.

Da verschwamm die Welt vor ihrem Blick. Rührung und kaum beherrschbare Emotionen überfluteten ihr Herz. Sie beschreibt das folgendermaßen: „Da sind kleine, starke Hände, die nach dir greifen, dich im Nu überwältigen, dein Atem stockt, während dir die Tränen in die Augen steigen und du alles um dich herum nur noch wie hinter einer beschlagenen Glasscheibe wahrnimmst." Wie die Meyer-Kinderklinik in Florenz waren auch die russischen Krankenhäuser und Kinderheime Orte des Schmerzes. Draußen vor den großen Fenstern des Krankenhauses schneite es. Der Schnee schien stellenweise den Schmerz zu lindern. Es war so, als ob seine Schritte leicht in die weiße Oberfläche rund um die Klinik einsänken. Manchmal hörte man scheinbar nur das Knistern von Schritten, leise Laute, die beim Gehen über weichen, frisch gefallenen Schnee entstehen. Eine Kleinigkeit genügte jedoch und der Schmerz kam in voller Wucht zurück. So saß Caterina also am Boden, um sie herum die Kinder geschart. Sie machte ein Experiment, probierte aus, ob „Kontakt" eine Ausdrucksform von Liebe ist. Die amerikanische Kinderärztin Sheila Kilbane, ihre Begleiterin auf der ersten Reise nach Moskau, hatte einige Jahre zuvor in einem Zeitungsartikel diese These vertreten. Caterina überprüfte die Wirksamkeit dieser Methode nicht nur bei Kindern, sondern bei allen Menschen, die sie traf, ja sogar bei strengen russischen Polizisten. Bei diesen musste

Caterina nur ihren Kopf neigen, diesen auf die Schulter von einem von ihnen legen und schon verschwand der strenge und kalte Blick und wich einem vergnügten Lächeln.

Viele Begegnungen in Moskau berührten Caterina zutiefst. Dazu zählte auch die Bekanntschaft mit Maria Eliseeva. Diese junge Russin kümmerte sich seit langem um Waisenkinder und um Kinder mit Behinderungen. Jahre vorher hatte sie einen Verein gegründet. Maria Eliseeva versuchte über das Zeichnen zumindest einige der Behinderungen der Kinder zu therapieren: Wie bei Caterina, so war auch bei Maria Leid der Auslöser für ihr Engagement für Menschen mit Schwierigkeiten. Caterina betont diesen Ansatz immer wieder. Sie spricht davon auch in Interviews: „... Vielleicht hätten wir uns ein anderes Leben gewünscht, uns etwas anderes vorgestellt, doch das ändert nichts an der Tatsache, dass wir trotzdem glücklich leben sollen ..." Bewegende Tage verbrachte Caterina in Russland.

Besonders wichtig war eine Benefiz-Veranstaltung zugunsten von Marias Verein. Versteigert wurden hier die Zeichnungen der Kinder aus dem Heim der jungen Russin. Jedes Kind erklärte dabei sein Bild. Patch Adams erwies sich als mitreißender Auktionator. So kam eine ansehnliche Summe zusammen. Diese wurde dem Verein übergeben, der damit wichtige Projekte für die kleinen Gäste entwickeln wollte. Zia Caterina beobachtete diese Kinder. Besonders schätzte sie deren Fähigkeit, sich anderen mitzuteilen und einzugreifen, wenn sie merkten, dass andere Kinder durch Schmerz und Unwohlsein in ihrem Leben deutlich eingeschränkt waren. Beim tränenreichen Abschied umarmten sich alle noch einmal ganz fest. Vorurteilsfreie Liebe war Beweggrund und Ziel der Reise nach Russland. Diese „revolutionäre" Liebe war stärker als alle Widrigkeiten: Kälte, Tränen, Sprachschwierigkeiten und kulturelle Unterschiede. Der Respekt voreinander hatte auf beiden Seiten Empathie ausgelöst. Sie schlug eine Brücke über alle Unterschiede zwischen den beiden Ländern.

Mit dem Abschied durfte nicht einfach alles zu Ende sein. Es mussten weitere Projekte folgen. So kam Patch Adams, der Arzt und Clown, einige Zeit später wieder nach Italien. Caterina hatte ihn eingeladen. Anlässlich dieses Besuchs fanden Seminare mit den beiden „Revolutionären der Liebe" statt. Auf ihnen schilderten sie ihre Erfahrungen. Einer der Seminarorte war das Aostatal, ein für Caterina besonders wichtiger Ort. Hier hatte ihr der Präsident der Region, einige Monate vor dem Treffen, den „Mimosa-Preis" überreicht. Diesen Preis erhalten jeweils drei Frauen für besondere Verdienste. Im Oktober 2008 war es dann so weit: Caterina stand gemeinsam mit Patch Adams wieder auf der Bühne. Die beiden großartigen Persönlichkeiten wurden interviewt. An diesem Abend verlor das so oft missbrauchte Wort „Liebe" seine flüchtig-unbestimmte Bedeutung. In den Erlebnissen, von denen beide erzählten, zeigte sich, dass und wie Liebe ein Teil des konkreten Lebens ist. Patch Adams erfasste sofort Caterinas starken, instinktiven Einfluss auf die versammelte Menge. Er merkte, dass die Erfahrung von Leid und Tod das ihr eigene Talent hervorgebracht und mit der Leuchtkraft ausgestattet hatte, die Caterina heute auszeichnet.

Diesmal war bei Patch Adams' Besuch in Italien auch Maria Eliseeva mit den Kindern des „Maria-Kinderheimes" dabei. Eugenio Giani half wieder einmal Zia Caterina. Er erledigte alle für den Besuch von 30 russischen Kindern in Italien nötigen pass- und aufenthaltsrechtlichen Angelegenheiten. Das Projekt hieß „Kasperle fährt nach Italien". Caterina war begeistert. Diese Kinder faszinierten sie. Denn obwohl sie selbst Schwierigkeiten hatten, stellten sie sich in den Dienst von Gleichaltrigen, die mit denselben Problemen zu kämpfen hatten wie sie selbst. Diese Begegnung lehrte, wie schön es ist, wenn es keinen Egoismus, kein Misstrauen oder Angst vor dem Schmerz der anderen, keinerlei Verschlossenheit gibt. Die russischen Kinder besuchten Mailand und anschließend Florenz.

Im berühmten ehemaligen Waisenhaus „Istituto degli Innocenti" wurde eine Ausstellung mit allen Bildern der jungen Künstler gezeigt. Damit sollten Menschen sensibler gemacht werden und eine ganz andere Wirklichkeit kennenlernen. Diese Erfahrung ist ein Beispiel dafür, wie Brücken zwischen Völkern unterschiedlicher

Sprachen und Kulturen gebaut werden können. Man muss es nur wollen: einander entgegengehen, einen Dialog beginnen – weniger mit Worten als vielmehr mit Zeichen der Offenheit und Liebe und Gesten, die andere willkommen heißen.

KAPITEL 5

Die Meyer-Kinderklinik in Florenz

Mitten im Erzählen von der Vergangenheit hält Caterina plötzlich inne und wechselt ins Hier und Heute. Wir sind bei der Meyer-Kinderklinik angekommen. Die kleinen Schellen an ihren Armbändern klingen leise. Der schon von weitem hörbare helle Klang der Glöckchen kündigt ihre Ankunft in der Kinderonkologie an. Die erste Schelle, die sie an diesem Armband befestigt hat, erinnert sie an einen Menschen, den sie auch sehr geliebt hat: ihren Vater. In Erinnerung an ihn und ihm zu Ehren trägt sie das Armband. Er hatte die Sammlung der kleinen Schellen sehr gemocht. Pflegerinnen eilen herbei, begrüßen Caterina. Für jede von ihnen hat Caterina ein freundliches Wort. Die Tante streckt die Hand aus: eine liebevolle Berührung für die eine, ein kleiner Witz im kurzen Gespräch mit der anderen. Mit allen kommunizieren zu können – dieses Talent ist Caterina angeboren. Der lange Rock weht hinter ihr her, es sieht aus, als käme er bei Caterinas Tempo nur mit Mühe mit. Bei jedem Schritt, jeder Bewegung hüpft die Stoffpuppe auf ihrem Rücken auf und ab. Das Lächeln der Menschen, die wir in diesen Gängen treffen, setzt überraschend Energie frei. Sie hilft mutig voranzugehen, dem Krebs, jenem übergriffigen Begleiter, die Stirn zu bieten.

Hier kann man etwas für das eigene Leben lernen. Noch konkreter wird es, als wir das Zimmer von Lavinia, elf Jahre alt, betreten. Sie kennt Zia Caterina erst seit kurzem. Die Tante schwenkt ihren großen Strohhut. Angesichts des hier entfesselten Farbenspiels lächelt Lavinia. Sie ist noch ein wenig zurückhaltend. Das Mädchen stammt aus Apulien. Sie hat eine lange Reise hinter sich. Begonnen hat diese bereits vor sechs Jahren. Die ruhige Geduld und Gelassenheit ihrer sanften Mutter, die Seite an Seite mit der Schwägerin neben dem kleinen Mädchen sitzt, überraschen mich. Der Gedanke an die Chemotherapie und ihre Folgen, wie zum Beispiel den Haarausfall, belastet. Er lässt kaum Spielraum für anderes. Caterina weiß das sehr gut. Gerade rinnen die letzten durchsichtigen Tropfen der Infusion durch einen dünnen Plastikschlauch in die Vene am Arm der kleinen Heldin. Sie bringen Hoffnung: Da kommen Medikamente, wie kleine Krieger, die mit dir einen Kampf kämpfen, den du nicht beenden darfst. Die beiden Frauen berühren Lavinias Hand und Arm. Keine Minute lassen sie das Kind alleine. So wollen sie ihr helfen, den lästigen Gast zu ertragen. Beide sind Zia Caterina dankbar und froh, dass sie auch heute im Krankensaal auftaucht. Eigentlich hatten sie Caterina nicht erwartet. Die Anwesenheit von Feen lässt sich nicht vorhersehen. Caterina geht dahin, wo sie gebraucht wird – wenn es nicht unbedingt notwendig ist, plant sie nicht im Voraus. „Also was machen wir? Gehen wir raus, wenn du mit dem hier fertig bist? Wozu hast du Lust?“, fragt die Zia, wedelt mit ihrem Mantel – und plötzlich scheint die Luft in dem kleinen Raum frischer und angenehmer zu sein. Es riecht nicht mehr nach Krankenhaus. Mit nur wenigen Worten bringt Caterina Leichtigkeit in die belastenden schwarzen Gedanken, die einen nicht mehr loslassen und so schwer sind, dass da jemand anderes kommen muss, damit man sie auch einmal loslassen kann. Caterina gelingt das Kunststück. Hier in der Umgebung des Krankenhauses erscheint sie wie eine Fee, die mit ihrem offenen fröhlichen Gesicht jenen lästigen Reisegefährten entwaffnet.

So kommt wieder Glanz in die Augen der Menschen. Ein paar Stunden lang fühlt sich das Leben wieder normal an. Es bekommt genau die *Normalität* zurück, deren Wert wir im alltäglichen Leben oft weder sehen noch schätzen. In der Klinik jedoch sehnt man sich so sehr danach, dass sie einem als etwas Besonderes, Einzigartiges, Wunderschönes erscheint. Caterina verschenkt so – wie eingeschlossen in bunte Seifenblasen – Momente voller Glück, kurze, ja winzige Augenblicke, gemessen an der Dauer eines Lebens, und doch sind sie wertvoll. Caterina wendet sich noch einmal an Lavinia, ihre neue Super-Heldin: „Also was willst du machen, wohin willst du fahren, wenn du mit dem hier fertig bist?“

Sie wiederholt die Fragen mit lauter Stimme, stürmisch wie ein Orkan, während die kleinen kampfbereiten Tropfen weiter in die langen, unterirdischen Kanäle rinnen, um dort in dem großen roten Fluss weiterzuschwimmen. Lavinia strahlt über das ganze Gesicht.

Nur kurz wendet sie sich ihrer Mama zu, so als sollte die ihr bestätigen, dass auch sie mit ihren eigenen Augen diese Fee ohne Zauberstab sieht – dass die Fee also kein Trugbild ist, keine Nebenwirkung der Therapie. Kaum ist der letzte Tropfen der Infusion in Lavinias jungen Körper hineingelaufen, ruft Zia Caterina eine ihrer Freundinnen, eine Krankenschwester. Alle Schläuche werden abgehängt. Lavinia ist frei, kann anfangen zu träumen. Im Zimmer verbreitet sich Fröhlichkeit, so als sei man bereits nicht mehr im Krankenhaus. Von draußen scheint Licht ins Zimmer herein. Lavinia beginnt zu träumen, sie möchte gerne eine bestimmte Walt-Disney-Figur, den Zwerg „Brummbär". Der fehlt ihr noch zu Hause in ihrer Sammlung. Wie wichtig sind doch diese wenigen Minuten, in denen man den Kampf vergisst, den man gerade kämpft!

Im Nu sind wir zurück beim Taxi. Auch wenn wir uns nicht kennen, fühlen wir uns plötzlich und unerwartet wie Komplizinnen. Wir alle sind glücklich, dass Lavinia jetzt von Kopf bis Fuß von Freude erfüllt ist. Es ist, als habe Zia Caterina hier einen Schalthebel umgelegt. In der Gegenwart der Tante bekommt die Zeit eine ganz eigene Dimension – jedes andere Naturgesetz tritt vor dieser überraschenden magischen Aura in den Hintergrund. Auch wenn es unwahrscheinlich klingt, so scheint man doch plötzlich in einem Märchen mitzuspielen. Das Taxi an sich ist schon ein Wunder. In ihm fahren symbolisch alle von Caterina „Super-Helden" genannten Kinder in der Welt spazieren. Anfangs zierten Blumen, kleine Spinnennetze und Spinnchen Motorhaube, Seitenteile und Kofferraumdeckel des Taxis. Dann änderte sich die Bemalung. Heute zieren wild durcheinandergemalte für die Super-Heldinnen und -Helden stehende Symboltiere das Auto. Da sind viele Farben und zahlreiche Figuren! Jede wurde nach Anweisung des Kindes gezeichnet, für die sie steht. So wurde das Taxi im Laufe der Jahre zu einem Märchenort, der eben einfach in der Gegend herumfährt. Haupthandelnde in dieser Vorstellungswelt sind die Super-Heldinnen und -Helden, die einen kürzeren oder längeren Lebensabschnitt im Kontakt mit Caterina verbrachten. Darauf ist sie stolz.

Ihrer neuen Super-Heldin Lavinia erklärt sie: „Schau mal, das ist Super-Chicco und die da heißt Sole." Sie zeigt auf ein Pferd und ein Mäuschen, zwei Bilder, die je für ein Kind stehen. Lavinia ist fasziniert. Caterina erklärt ihr, dass ein Märchen dadurch zum Märchen wird, dass es Unvorstellbares möglich macht. „Chicco wäre gerne ein Pferdchen gewesen. Er liebte Motoren und alles, was sich bewegt. Deswegen hat er das Pferd als Bild für sich selbst gewählt. Er wollte so gerne rennen, sich pausenlos bewegen, ohne auch nur einmal stillzustehen. Sole dagegen liebte die Mäuschen." Lavinia merkt nicht, dass Caterina in der Vergangenheit spricht. Sie schaut wie benommen das fröhliche Farbenspiel auf dem Taxi an.

Oft spricht Caterina von Chicco und Sole – von diesen ihren Kindern, die „in den Himmel hineingeboren wurden". Die Art, wie die Tante vom Sterben spricht, überrascht und macht betroffen. Im Italienischen unterscheidet sich der Satz „nato in cielo" – „in den Himmel hineingeboren worden sein" nur durch zwei Buchstaben, einen Vokal und einen Konsonanten, von dem „andato in cielo" – „in den Himmel gegangen sein". Das Fehlen dieser Buchstaben macht, dass Worte, die eigentlich vom Sterben sprechen, so sanft klingen. Zia Caterina spricht vom Tod, so wie sie auch vom Leben spricht. Sie verschweigt und leugnet nicht den Tod. Es ist unmöglich, so zu tun, als gebe es den Tod nicht. Sie vermeidet auch nicht das Wort „Tod", doch ihre Wortschöpfung „nato in cielo" – „in den Himmel hineingeboren" – hat eine ganz eigene Melodie, verletzt nicht, sondern tröstet. Sie tröstet, denn sie verweist auf eine Kontinuität, auf die Vorstellung, dass das Leben weitergeht. Der Ausdruck steht im Gegensatz zu einem Aufgeben, Verlassen und Ende des Lebens. Der Schmerz über den Verlust eines geliebten Menschen wird nicht aufgehoben, vor allem der über den Tod eines Kindes, denn es ist unmöglich, dessen Tod zu akzeptieren. Das Leid ist also da, aber diese Art zu denken hilft doch mehr oder weniger trotzdem zu lächeln, vielleicht auch jenen Schmerz als weniger herzzerreißend zu empfinden. Sie erhält den Gedanken an die oder denjenigen, die „in den Himmel hineingeboren wurde", lebendig. Es hilft, sich einen lichtdurchfluteten Ort vorzustellen. Das wirkt gegen die Angst, Menschen, die wir lieben, in der Dunkelheit alleinzulassen, sie zu verlassen.

Für Caterina spielte Chicco eine besondere Rolle unter ihren „Super-Helden". Sie hatte mir schon von ihm erzählt. „Als ich ihn zum ersten Mal sah, bin ich an ihm vorbeigelaufen", sagte sie. „Er war richtig beleidigt, weil ich ihn nicht wahrgenommen habe." Caterina hatte beim Erzählen dieser Begebenheit gelacht. Doch ich merkte, dass sie lachte, um den Schmerz zu lindern, den sie jedes Mal spürt, wenn sie von Chicco spricht. Vielleicht vergisst sie Einzelheiten der vielen Erlebnisse, die sie gehabt hat, doch die Gefühle, die sie dabei hatte, trägt sie tief im Herzen. Bis heute spürt sie die Stimmung des ersten Zusammentreffens mit Chicco. Dann fuhr sie fort: „Sein Papa sagte mir, Chicco habe, nachdem ich an ihm vorbeigegangen und ihn fast nicht bemerkt hatte, gesagt: ‚Die da ist einfach vorbeigegangen, ich war ihr scheißegal' und er hätte sich sehr geärgert. Doch dann, als wir uns wiedergesehen haben …" Die Gefühle hatten sie bei der Erinnerung an diesen Augenblick überwältigt. Sie schwieg einige Sekunden lang. „Als wir uns wiedergesehen haben", flüsterte Caterina, „sagte er, ich sei seine Frau." Sie fügte dann hinzu: „Weißt du, Kinder sind nicht alle gleich. Auch bei ihnen ist es so, dass man sich entweder mag oder nicht mag. Genau wie bei den Erwachsenen. Die Kinder sind aber ehrlicher. Sie durchschauen dich komplett. Sie spüren deinen Schmerz. Deswegen suchen sie auch meine Nähe: Sie nehmen mich wahr und werden dann instinktiv ganz offen."

Diese besondere Form emotionaler Nähe, so erzählte Caterina, sei sowohl bei Chicco als auch bei Sole entstanden. Genau ein Jahr nachdem Chicco in den Himmel hineingeboren worden war, habe sie Sole kennengelernt. Diese sei ihm dann ein Jahr später gefolgt. Auch von Sole spricht Caterina häufig: einem achtjährigen Mädchen mit sehr lebendigen Augen, das gerne Geige spielte. „Sie war ganz besonders, und ganz besonders war auch unser Zusammentreffen. Dieses kleine Mädchen erinnerte mich sofort an Chicco.

Übrigens hatte sie die gleiche Diagnose wie er. Während Sole um mein Taxi herumging und die Bilder dort anschaute, passierte etwas Überraschendes. Unter allen dort symbolisch dargestellten Kindern deutete sie sofort auf das Pferd und fragte mich: ‚Wer ist das?‘ Ich antwortete ‚Chicco‘. Ich weiß wirklich nicht, warum nur sie unter allen Bildern ausgerechnet dieses Bild auswählte und danach fragte. Die Kinder sind besonders, ihre Seelen nehmen Dinge mit anderen Antennen wahr als wir.“

Von Chicco und Sole zu sprechen rührt Caterina jedes Mal von neuem. Sie kann diesen Schmerz, der für sie wie ein Stich direkt ins Herz ist, nicht abfangen. Der Tod schlägt Wunden. Der Schmerz jener Augenblicke, der im Herzen der Menschen aufflammt, die zurückbleiben mussten, die jenes Stückchen Liebe nicht haben festhalten können, das ihnen zwischen den Fingern zerrann, hört niemals auf. Es ist wichtig, Caterina zuzuhören, wenn sie von diesen Erlebnissen erzählt.

Manche Menschen halten Caterina für verrückt. Ich jedoch, die ihr zugehört hat und die sie auf ihren Wegen begleitet habe, halte sie für eine Frau, der es gelungen ist, ihren eigenen Schmerz zu wandeln in ein Handeln im Dienst am Nächsten. Nach dem Tod eines geliebten Menschen bleibt man sehr leicht im Selbstmitleid verfangen, wie ein Fisch in einem Netz. Dann jammert man für den Rest seiner Tage über das, was passiert ist und unser Leben verändert hat. Caterina dagegen reagierte anders. Sie widerstand dem Selbstmitleid. Denn ihr ist die Liebe zum Leben angeboren. Das Leid hat sie nicht vernichtet, sie nicht zur Gefangenen ihrer selbst gemacht. Sie hat es geschafft, diesem feinen Netz zu entkommen, das gemeinerweise alle, die darin gefangen bleiben, in Stücke schneidet und vernichtet. Bewundernswert ist Caterinas Resilienz, die sie im Laufe der Zeit, Schritt für Schritt in ein Geschenk für die anderen verwandelt hat.

Die Zia hat ein Malbuch, in dem alle ihre Super-Helden in Umrissen dargestellt sind, die die Kinder dann ausmalen können. Als mir Caterina von Chicco und Sole erzählte, zeigte sie mir darin das

Mäuschen, das sich Sole als Bild für sich selbst ausgesucht hatte. Ein verschmitztes Mäuschen schaut dich von dem weißen Blatt aus keck an. Es wartet darauf, dass ein Kind sein süßes Schnäuzchen rosa anmalt.

Zwei Jahre nachdem Sole in den Himmel hineingeboren war, fuhr Caterina wie immer nach Grosseto zu einer Gedenkfeier für Sole. Sehr viele Menschen waren da, besonders Kinder, Soles Schulkameradinnen und -kameraden. Bewegend war der Augenblick, in dem alle Anwesenden Luftballons erhielten. Soles Freundinnen und Freunde hatten Zettel mit Botschaften für Sole geschrieben. Eine Flut von WhatsApp-Nachrichten auf Papier. Sie zeigten, dass niemand Sole vergessen hatte. Die gelben Luftballons mit den daran festgebundenen Botschaften nahmen die traurigen Gefühle mit in den Himmel. Alle schauten den kleinen gelben Luftballons nach, wie sie am Horizont verschwanden, während die Sonne vom Himmel herableuchtete. In dem ganz besonderen Farbenspiel erahnten sie vielleicht das spitzbübische Gesicht mit den wachen Augen der kleinen Heldin, die in den Himmel hineingeboren worden war. Viele verschiedene Gefühle gab es an jenem Abend: zwischen Freude, dass so viele Menschen gekommen waren, bis hin zu den Tränen, die zart und leicht aus den Augen von Soles Mama rannen.

Respektvoll schweigend stand Zia Caterina an ihrer Seite. Sie sagte nichts. In so einer Situation sind Worte nicht angebracht. Wichtig ist hier allein das Gefühl, dass einem jemand menschlich nahe ist. Durch ihre Gegenwart schenkte die Zia der Mutter, deren Herz fast vor Schmerz in der Brust zersprang, die Kraft, alles aushalten zu können. Die Gedenkveranstaltung endete mit einem Lied, dessen Melodie und Text der Liedermacher Simone Cristicchi eigens für Sole geschrieben hat. „Ein Jahr nachdem Chicco in den Himmel hineingeboren ist, wurde auch Sole in den Himmel hineingeboren." Das sagte Caterina, als sie von Sole erzählte. „Und weißt du was, ich mag die Idee, dass die beiden sich dort oben kennengelernt haben, dass sie dort zusammen sind und dass aus ihrer Energie heraus Federico, Chiccos kleiner Bruder, auf die Welt kam."

Caterina führt diesen Gedanken noch weiter: „Wir können Menschen, die nicht mehr da sind, niemals ersetzen. Sie fehlen einfach. Niemand kann die Lücke schließen, die durch den Tod von geliebten Menschen entstanden ist. Doch, solange wir uns an sie erinnern, bleiben diese Menschen am Leben." Was sie da behauptet, ist verständlich. Doch braucht man einen bedingungslosen Glauben, um das auch wirklich zu vertreten.

Sole wurde in den Himmel hineingeboren, wie Chicco, wie Luca … alle haben jeweils im Inneren des Taxis eine konkrete Spur hinterlassen, in diesem Taxi, das unermüdlich und leise ihre Namen vor sich hinmurmelt, während es in der Welt herumfährt.

KAPITEL 6

Luca

Die Erinnerung an Luca führt uns zurück ins Jahr 2010. Dieser Super-Held überredete Caterina mit ihm nach London zu fahren, um dort ein typisch englisches Taxi zu kaufen. Er war damals erst 20 Jahre alt und wusste genau, wie wenig Zeit ihm noch bleiben würde. So gerne wollte er die englische Stadt besichtigen. Wie Caterina anderen Super-Helden Wünsche erfüllte und immer noch erfüllt, so ließ Zia Caterina auch Lucas Traum Wirklichkeit werden. Es wurde seine letzte Auslandsreise. Der Feind hatte ihm bereits ein Bein geraubt, doch Luca besaß eine unerschöpfliche innere Kraft. Bis zu seinem Tod im Jahre 2010 lebte er sein Leben in vollen Zügen. „Der Krebs hat mir ein Bein weggenommen", sagte er. „Aber wenn ein Kranker einigermaßen bei Kräften bleiben kann und nicht in einem Krankenhausbett liegen muss, warum sollte er dann mit allem aufhören?" Es musste einfach so kommen, dass sich Luca mit dieser Lebensphilosophie und Zia Caterina mit ihrer positiven Einstellung trafen. Das gefiel vielen Menschen, darunter Giuseppe Mascambruno, dem Direktor der italienischen Tageszeitung „La Nazione". Er beschloss, dort eine neue Kolumne, „Lucas Blick", einzuführen. Jeden Sonntag lieferte sie kleine Dosen von Lebensweisheiten. Angesichts des jungen Alters des Verfassers zeugten sie von erstaunlicher Reife. Diese Art sonntägliche Verabredung war Anlass, über sehr viele Themen zu schreiben. Viele Super-Helden nutzten die Gelegenheit, von sich selbst und ihren Einsichten zu erzählen. Auch wenn der Krebs am Ende Lucas Körper besiegte, spürt man, dass Luca in Wirklichkeit den Tod überwunden hat. Immer noch lächelt er von seinem Foto in der Ecke der Zeitungsseite den Menschen zu, die seine Überlegungen lesen. Bis heute bezeugen die Zeitungsartikel klar Lucas Lebensfreude und seinen Spaß an dem, was ihm täglich so in den Blick kam. Seine mitreißenden Worte enthalten die Lehren eines 20-Jährigen, der fröhlich besondere Momente seines Lebens erkannte und aufnahm im klaren Wissen darum, dass dieses ständig in Gefahr war und kurz sein würde.

Die Weisheit und Energie, mit der Caterinas Super-Held die kurze Zeit lebte, die ihm noch blieb, stehen im klaren Gegensatz zu einer Art Leben, in dem falsche Probleme, grundlose Depressionen und nutzlose Ängste im Vordergrund stehen. Nichtige Schwierigkeiten verschwinden wie von selbst, wenn es dir gelingt, das Ende deines Lebens in den Blick zu nehmen, weil du merkst, wie nahe es bereits gekommen ist. Gerne würdest du langsamer darauf zugehen, damit der Weg dorthin sehr viel länger dauert. Also musst du die Angst, den Schmerz in eine Fähigkeit verwandeln, jeden Punkt, der dich von diesem Endpunkt trennt, mit Begeisterung zu leben. Genau das hat Luca getan. Das ist ein Zauber, den der Verstand zu Wege bringen kann. Ständig sprach Luca mit Zia Caterina über diese Themen. Mit ihr hatte er sich auf Anhieb verstanden. Beide wussten genau, dass es uns vor allem darum gehen sollte, jeden einzigen Augenblick voll auszukosten. Luca wusste das und Zia Caterina weiß es bis heute. Sie lässt tagtäglich ihre Begabung Frucht bringen. In Anlehnung an den englischen Philosophen und Dichter John Milton vertrat Luca die Einstellung: „… der Geist ist die Wohnstätte des eigenen Selbst: er kann ein Paradies in eine Hölle und eine Hölle in ein Paradies verwandeln." Mit diesem Satz lässt sich laut Luca der Sinn des Lebens zusammenfassen. Wir alle können wählen, wie wir unser Leben gestalten wollen, egal, wie lang es dauern wird. Caterina stimmte Luca auch voll zu, als er formulierte: „Das Leben ist weder schön noch hässlich, wir sind es, die es auf die eine oder andere Weise ansehen." Das hatte er auch in einem seiner Artikel geschrieben. In den wenigen Jahren seines Lebens hatte Luca gemerkt, dass die einfachste aller Einstellungen glücklich macht: sich nicht dem Unwohlsein ergeben, sich auf jeden Augenblick konzentrieren, der sich im Lauf der Zeit auftut.

Sehr genau wusste Luca, was Schmerz ist. Weil er Schmerzen hatte, war er vor vielen Jahren ins Taxi von Zia Caterina gestiegen. Damals musste er wieder einmal nach Florenz zur Behandlung eines Rezidivs fahren. Als er 15 Jahre alt war, hatte man ihm ein Bein amputiert. Nun war der Krebs also wieder da. Das waren sehr wenige Jahre, zu wenige für jemanden, der so gerne hinter einem Ball hergerannt wäre. Menschen, die leiden, spüren das Leid auch bei anderen, entdecken diese inmitten einer Menschenmenge – so als würde sich der Schmerz zwischen den Menschen ausbreiten und dann Zuflucht finden im Haus eines anderen Menschen, der dasselbe spürt. Diese offensichtlich verrückte, spitzbübisch schauende Frau nahm Luca in ihrem kleinen Kosmos auf. Gemeinsam begannen sie eine Reise, ohne zu wissen, wohin sie führen würde. Von Anfang an verstanden sich Caterina und Luca – ohne lange Reden und besondere Erklärungen. Sie vermieden nur, das Ziel der Reise mit einem Namen zu belegen. Sie konnten es noch nicht kennen. So wurde die Reise zum Ziel: jenes fortwährende Werden, jenes unaufhaltsame Strömen des Wassers im Fluss. Auf einer ihrer kleinen Kärtchen, die Caterina durch die Gegend fährt, steht der Spruch: „Nicht das Ziel, sondern die Reise ist wichtig." Eine Weisheit, enthalten in einer Handvoll Worte von jemandem, der das gelebt hat und es mit Fleisch und Blut jeden Tag lebt. Es ist unmöglich, das eigene Schicksal zu planen. Es geht einfach darum, in der Zerbrechlichkeit unserer Existenz die einzelnen Augenblicke der Zeit wahrzunehmen, die ansonsten leise verrinnen würden. Einmütig zogen Luca und Caterina es vor, sich auf den Augenblick zu konzentrieren, seine Möglichkeiten auszuloten, in ihm überraschend auftauchende Momente von Glück und Freude zu verspüren, die wir nur stellenweise voll und ganz ausleben.

Als Luca starb, nein, als er in den Himmel hineingeboren wurde, fand eine ganz besondere Beerdigung statt. Ehe Lucas Leichnam in seinen Heimatort Aprilia überführt wurde, versammelten sich Freunde und Familienangehörige in Caterinas „Casa della Gioia", in dem „Haus des Glücks", einem Ort, den die Zia seit Jahren ihren „Kindern" zur Verfügung stellt. Inmitten der üppig grünenden Natur des Chianti wollten Lucas Freunde mit einem Fest an ihn erinnern. Alle hielten ihre Tränen zurück – was wäre normaler gewesen, als zu weinen, die Tränen aus den Augen rinnen zu lassen? Doch dann herrschte doch das Lächeln vor. Luca selbst hätte es so gewollt. Die Menschen lächelten darüber, dass das Leben auf den Tod hinläuft, sie lächelten in der Erinnerung an einen

Freund, der so gerne gelebt hatte, ohne sich zu beklagen, der jeden Augenblick seines Lebens hatte leuchten lassen und jedem Moment einen Sinn gegeben hatte. Ja, Luca hatte Recht gehabt. Er hatte etwas Wichtiges gelehrt: Wenn wir die Augenblicke unseres Lebens zusammenrechnen, die wir wirklich zum Leuchten gebracht haben, dann werden vielleicht viele auch erkennen, wie viele Momente wir haben verstreichen lassen, ohne ihnen eine Bedeutung zu geben. Luca mit seinem spitzbübischen Lächeln und seiner Liebe zum Leben war genau dies gelungen. An diesem Tag stiegen viele Luftballons zum Himmel. An jedem war ein Kärtchen mit einer persönlichen Botschaft für Luca festgebunden. Alle Blicke waren nach oben gerichtet zum blauen Himmel, in den Luca gerade hineingeboren wurde. Die Menschen schauten nach oben, so als könnten sie dort noch einmal einen von Lucas intelligenten und sanften Blicken erhaschen, mit denen er sie früher durch seine runde Brille angeschaut hatte. Es war ein festlicher Abschied, trotz der Traurigkeit und des Schmerzes in den Herzen, weil der Tod ja diejenigen, die zurückbleiben, verletzt.

Etwas von Luca ist auch im Taxi der Zia zurückgeblieben. Sie widmete dem jungen Super-Helden ihr neues Taxi.

KAPITEL 7

Von Super-Heldinnen und Super-Helden

Jedes von Tante Caterinas Taxis trug einen Namen. Der Name charakterisiert ein Lebewesen, macht es einmalig. Caterinas Taxis sind genauso lebendige Wesen wie Menschen. Als Caterinas Taxi „Margherita" damals vor dem Kreml stehengeblieben war, versorgte sie es wie eine Kranke. Ihre Taxis sprechen: durch Farben, Musik, das Video mit Bildern der Super-Heldinnen und -Helden, das sie ins Internet gestellt hat. Diese Kinder und Jugendlichen haben einen Teil von sich und ihrem Leben dort im Taxi zurückgelassen, zwischen den Sitzen oder auf dem blau bemalten und mit weißen Wölkchen verzierten Dach. Jedes Taxi erinnert durch seinen Namen an eine Super-Heldin oder einen Super-Helden. Auch auf der Karosserie jedes dieser Taxis sind Symbole für Zia Caterinas Kinder aufgemalt. Karin kann sehr gut malen. Durch gefällige, bunte Formen gibt sie die wichtigsten Merkmale jedes Kindes wieder. Heute bemalt Karin gerade das „Kikkohome", Caterinas Camper. Dort können Familien von Kindern, die von weit her kommen, wohnen. Karin stellt hier die riesige Familie dar, die sich um Caterina schart.

2012 wurde „Margherita", Caterinas erstes Taxi, in einem kleinen Park in Florenz, dem „Giardino di Orticultura", als Denkmal aufgestellt. Eine Frau, die an Krebs im Endstadium litt, hatte an den damaligen Bürgermeister von Florenz den Antrag gestellt, dieses Auto hier zu platzieren. Damit sollte der Einsatz der Mary Poppins unserer Tage für das Gemeinwohl gewürdigt werden. Die Verwaltung genehmigte diesen Antrag. Darüber war Caterina glücklich. Denn das Taxi ist, wie sie selbst sagt, eine Art „Schatzkästchen". Es enthält die gesamte Bürgerschaft. Es ist ein Ausdruck der Hilfsbereitschaft dieser Stadt gegenüber dem Nächsten. An der Einweihung des Denkmals nahmen international bekannte Kunstkritiker wie Philippe Daverio sowie alle politisch Verantwortlichen der Stadt Florenz teil. Obwohl im Laufe der Jahre immer mehr Menschen Caterina vertrauten und sie zunehmend zu einer sehr bekannten Persönlichkeit wurde, begegnen ihr auch heute noch manche Leute feindselig oder misstrauisch. Sie können einfach nicht glauben, dass Zia Caterina ein Mensch ist, der ohne jeden

Hintergedanken den Nächsten hilft. Jemandem wie Caterina steht man oft hilflos gegenüber, weil wir gewohnt sind in opportunistisch und individualistisch geprägten Strukturen zu leben. Sie aber hebelt egoistische Denkmuster unserer Gesellschaft aus.

Menschen, die Caterina näher kennen, wissen, dass sie sich unbedingt engagieren muss, um überhaupt leben zu können. Tagtäglich atmet sie im Gleichtakt mit den Kindern, die ihr zulächeln, während sie gerade eine Chemotherapie bekommen, ihnen büschelweise die Haare ausfallen, sie Bauchkrämpfe haben und sich die Seele aus dem Leib spucken. All jene, deren Leben urplötzlich stillstand, beleben Caterina, schenken ihr die nötige Luft zum Atmen. Denn sie helfen ihr jeden Augenblick die Leere auszuhalten und liefern ihr nach und nach Antworten auf Fragen, die sie bis zu diesem Augenblick noch nicht laut ausgesprochen hat. „Nur gemeinsam werden wir unendlich sein", schreibt Caterina auf Schlüsselanhänger, kleine Büchlein, bunte Luftballons. Das sind die Schlüsselworte ihrer Lebensphilosophie. Wir leben in einer Art Burg, wollen diese immer unangreifbarer machen, gesichert durch Haltungen, die wir uns im Laufe der Jahre aufgebaut haben. Doch Krankheit lässt die stärksten Mauern einstürzen. Sie macht verletzlich. Wenn einem dann angesichts einer ungewissen Zukunft der Atem stockt, besitzt ein einfaches Lächeln große Macht. Es bringt frischen Wind, lässt aufatmen, versorgt den Organismus mit Sauerstoff. Allein schafft man in einer solchen Situation nur kurze Wege. Caterina weiß das sehr genau. Wir brauchen alle unsere Mitmenschen. Sie selbst braucht ihre Kinder, damit sie weiter hoffen und träumen kann. So entsteht eine wohltuende Energie, die Caterina wie in einem osmotischen Prozess von Mensch zu Mensch weiterverbreitet.

Jetzt haben wir mit Lavinia die Meyer-Kinderklinik hinter uns gelassen. Uns alle erfüllt plötzlich unbändige Freude. Tatsächlich lässt uns das Taxi in eine Art magische Welt eintauchen. Wir alle werden wieder zu Kindern. Unser inneres Kind, das wir oft schamhaft zum Schweigen verurteilen, bekommt plötzlich eine Stimme.

Schwarze Gedanken verflüchtigen sich. So als könnten sie sich nicht durchsetzen gegen die Düfte und Farben rund um uns herum. Vergnügt steuert Caterina das Taxi durch den Verkehr, greift heimlich nach einer Tüte mit abgepacktem Aufschnitt, Truthahn oder Hähnchen in Scheiben. Kurz lässt sie die Hand vom Steuer, öffnet schnell die Tüte, rollt flink ein paar Scheiben zusammen, schiebt sie in den Mund. Caterina isst immer dann, wenn es gerade mal möglich ist. Stilvoll zu essen ist für sie nicht wichtig. Sie isst dann, wenn ihr Körper Nahrung braucht, um weiter zu funktionieren. Caterinas Energie reißt alle mit, die mit ihr zu tun haben. Beeindruckend, wie schnell getaktet ihr Leben ist. „Der Glaube, die Liebe für meine Kinder treibt mich an, setzt in mir all diese Energie frei! Kinder, ich mag euch so sehr! Ich liebe euch!!" – ruft sie laut – ihre persönliche Hymne an das Leben. Wunderschön ist es, diese Worte aus ihrem Mund zu hören, einem Mund mit pastellrosa Lippenstift. In den Straßen von Florenz drehen sich alle um nach dem Taxi, das da gerade vorbeiflitzt. Japanische Touristen filmen diese Farbenwolke. Sie können ihre Objektive nicht von ihr lösen. Ja, sie muss schon ein bisschen verrückt sein. Anders könnte Caterina nicht ihr Arbeitspensum bewältigen. Dieses tagtägliche Chaos würde jeden um den Verstand bringen. Doch Caterina ist auf ihre Kinder fokussiert. Solange sie ihren Super-Heldinnen und -Helden Wünsche erfüllen kann, geht sie, was Zeit, Medienrummel und Chaos angeht, gerne Kompromisse ein. Caterina fühlt sich verpflichtet, die Wünsche und Träume der Kinder zu erfüllen. Je größer das Glück über einen Traum ist, der in Erfüllung gegangen ist, umso besser fühlt sich der Mensch, der ihn geträumt hat.

Vor dem Disney-Laden drängt sich eine Menschenmenge um das bunte Taxi. Caterina hat Mühe, die Tür zu öffnen. Jedes Mal, wenn sie in der Stadt unterwegs ist, erregt ihr Taxi Aufsehen. Doch Caterina bringt das nicht aus der Ruhe, sie grüßt alle mit der ihr eigenen Lebensfreude. Ehe sie aussteigt, lässt sie zunächst einmal riesige Seifenblasen in den Himmel steigen. Ihre gute Laune steckt an, aber auch das Teilhaben an dem Leid, das Lavinias hinten im

Nacken zusammengebundene Kopftuch verbirgt. So verbinden und verständigen sich Menschen, um gemeinsam dafür zu sorgen, dass ein Tag wie jeder andere wenigstens ein paar Minuten lang ein Quäntchen Vergnügen enthält. Mittlerweile strahlt Lavinia über beide Backen, nicht nur sie lächelt, auch ihre Mutter hat eine gesündere Gesichtsfarbe. Sie sieht weniger ausgelaugt und ängstlich aus als noch vor wenigen Minuten im Krankenzimmer. Tag für Tag in Angst zu leben verändert sogar die Gesichtszüge der Menschen.

Natürlich bedeutet fröhlich und munter in ein Geschäft zu gehen und eine Walt-Disney-Figur zu kaufen nicht, dass die Krankheit besiegt ist. Die Haare werden weiter ausfallen, es wird sicher Augenblicke voller Verzweiflung geben, in denen die Lippen blau sein werden und die Augen glanzlos, doch dieser magische Augenblick wird in den Herzen verankert sein. Er schenkt ein Wohlbefinden, dessen Wirkung weiter reicht als manches Medikament und das auf seine Weise hilft, den schrecklichen Krebs zu bekämpfen.

Den Disney-Laden zu betreten war fast so, wie in die magische Welt von Zia Caterina hineinzugehen. Es scheint, als komme sie direkt aus dieser Welt, sei gerade eben von einem der Regale heruntergehüpft – von etwas weiter oben, von dort, wo die größeren Figuren sitzen. Für Lavinia war es nicht einfach, den Zwerg Brummbär zu finden. Das war nicht weiter schlimm, denn so entdeckte sie noch andere tolle Spielsachen. Sehr lange Zeit verbrachten wir im Geschäft. Niemand drängelte. Die Zeit stand still, hörte auf die Regeln zu bestimmen. Diese wurden nur durch die Notwendigkeit festgelegt, ein kleines Mädchen glücklich zu machen. Die im Disney-Laden verbrachten Minuten gaben uns nicht wie sonst unbarmherzig den Takt vor.

Sich Zeit zu nehmen, auch das lernt man, wenn man mit Zia Caterina im von ihr „Terra di Mezzo" – „Zwischen-Land" genannten Bereich unterwegs ist. „Zwischen-Land" – noch so ein Ausdruck, dessen Bedeutung man auf der Fahrt mit Caterina lernt. Diese kurze Wortverbindung berührt. Denn sie beschreibt genau das, was Menschen fühlen, die in einer Umgebung leben müssen, die jede

Beziehung zum bisherigen Leben verloren hat. Im „Zwischen-Land" bekommt die Zeit eine doppelte Bedeutung: Einerseits wird die Zeit verleugnet, andererseits wird sie sehr wichtig, weil zum Beispiel eine Operation, eine Therapie oder auch Prophylaxe schnell stattfinden muss, um die Bestie zu bekämpfen, das sich in dem kleinen Körper festgesetzt hat. Wenn du also dort bist, in diesem Ozean, dessen Wellen dich hin und her werfen, und du einfach nicht weißt, wie dieser Sturm angehalten werden kann, dann ist die Tatsache, dass die Stunden verstreichen, deine geringste Sorge. Die Hektik des Alltags, beschleunigt meist noch durch viele kleine nutzlose Ängste, bleibt völlig außen vor. Die Prioritäten ändern sich. So wird ein kurzer Augenblick, in dem du einfach auf einem Stuhl sitzt, müde von all den Gedanken, die dir im Kopf umhergehen, manchmal zu einer Ruhepause, die du von vorne bis hinten genießt. Dann merkst du, dass wir in unserem Leben oft Problemen zu viel Raum geben, die in Wirklichkeit gar keine sind. Die Worte „Gesund werden" gehen einem ständig durch den Kopf. Nur sie haben wirklich Bedeutung. Zia Caterina weiß genau, wie die Zeit sich anfühlt, die man an der Seite dessen verbringt, den man liebhat.

Bei Stefano hat sie gelernt, diese Zeit zu mögen. Sie ging zu ihm nach Hause, fütterte ihn geduldig, Löffel für Löffel, während er immer schwächer wurde. Stundenlang, oft schweigend, saß Caterina einfach neben seinem Bett, zusammengesunken. Ihre grünen Augen hinter einem Vorhang von blonden Locken schauten ins Nichts. Selbst im Schmerz darüber, dass ihr Liebster immer weiter von ihr fortging, blieb sie eine schöne Frau. Während die Zeit unaufhaltsam verstrich, verließ sie das Zimmer nicht. Dort lernte sie, jeden einzelnen Augenblick aufzunehmen, mit den fast nicht mehr spürbaren Atemzügen mitzuatmen. Das bedeutet für sie: „innen im Schmerz verharren" – „stare dentro il dolore", den Schmerz zu leben und ihn teilen, immer bereit Hoffnung zu schenken, dabei aber immer aufrichtig zu bleiben, nicht zu lügen, zur Seite zu stehen, aufzurichten, egal auf welches Ziel das Ganze hinausläuft.

Stefanos Tod hat ihr einen Teil von sich selbst entrissen und sie doch mit neuen Kleidern umhüllt. Caterinas Kleidung ist zu einem Passierschein geworden, einer Art, sich dem Nächsten mit dem nötigen Respekt zu nähern. Jeder Mensch reagiert anders auf Krankheit und Schmerzen. Die Tante weiß das. Stürmt sie auch wie ein Wirbelsturm ins Leben der Super-Heldinnen und -Helden hinein, so geht sie doch auf leisen Sohlen, setzt achtsam ihre Schritte. Es sind Schritte eines Menschen, der nichts abwertet. Trotz ihrer Extravaganz weiß die Fee sehr wohl in den Herzen der Menschen zu lesen. Die meisten geben ihr gegenüber Verteidigungsmechanismen auf. Wie ein kleiner Lichtstrahl durch eine Mauerritze kann so wenigstens ein bisschen Energie in ihr Leben hineinkommen. Seit damals, als Caterina Stefano beistand, hat sie unzählige kranke Kinder und Menschen gesehen. Ihre Kleidung erlaubte es ihr, mitten in den Schmerz des anderen hineinzugehen und diesen Schmerz zu teilen mit der ihr eigenen Fähigkeit, ihm lächelnd die Stirn zu bieten. Durch eine Umarmung vertreibt man den Tod nicht. Aber Caterina macht den Weg voller Kämpfe leichter.

Zwischen all den Regalen des Spielzugladens wirkte Lavinia völlig entrückt. Sie hat die Infusionen, dass sie ihre Haare verloren hat und so viele Tage im Bett liegen musste, komplett vergessen. Jemandem zur Seite stehen bedeutet für die Tante genau so etwas arrangieren: sich zu verlieren um sich danach wieder zu finden. Während Lavinia weiter zwischen den Auslagen herumlief, kam Caterina zu mir und sagte: „Ich habe keine Kinder bekommen, aber diese Kinder sind alle meine Kinder und ich bin ihre Tante. Welche bessere Rolle konnte ich einnehmen, um ihnen nahe zu sein?! Genau genommen ist die Tante die Person, die der Mama am nächsten steht. Eine Tante hat den Vorteil, dass sie die Kinder nicht erziehen muss. Sie kann sie nach Herzenslust verwöhnen." Mit vergnügtem Lachen wendete sich Zia Caterina wieder der kleinen Heldin zu. Unterdessen drängten sich die Menschen im Geschäft weiter um Zia Caterina. Die einen berührten ihre Kleider, die anderen betrachteten sie genau, wieder andere baten um ein Foto.

Allen schenkt Caterina ihre Zeit. Sie schließt niemanden aus. Ihr Lächeln ist aufrichtig. Dass sie so bekannt ist, gefällt ihr – es schmeichelt ihr ein wenig –, vor allem, weil das ihre Sprache ist. Sie weiß selbst gut, dass die Botschaft der Liebe und der Solidarität, die sie nun schon seit Jahren verbreitet, all das braucht, um die Herzen der Menschen zu erreichen. Das Taxi draußen vor dem Geschäft ist die zweite Natur von Mary Poppins. Die leuchtenden Farben kapitulieren nicht vor den eleganten Geschäften in dieser Straße von Florenz, sie spiegeln sich in den Schaufenstern, werden widergespiegelt, ein wirbelndes Schauspiel, ein Tanz. Viele umrunden staunend mit großen Augen das Taxi. Die außen aufgemalten Super-Heldinnen- und -Helden-Symbole winken ihnen zu. Viele von ihnen sind schon in den Himmel hineingeboren worden.

Warum sollte man die Kinder nicht Super-Heldinnen und -Helden nennen? Das Wort beschreibt doch genau das, was alle gezeigt haben und immer noch zeigen: nämlich die Fähigkeit, zu wissen, wie mit der Krankheit umzugehen ist. Caterina lässt die Kinder spüren, dass sie etwas Besonderes sind, weil sie in sich etwas tragen, mit dem die übrigen Menschen übervorsichtig umgehen. Übrigens gehört ja auch Caterina zu denen, die besonders sind.

In einem perfekten Leben, einem Gesellschaftssystem, in dem man die Schönheit als Ziel an sich ansieht, in der die Menschen nicht fähig sind und kein Interesse daran haben, weiter zu denken als „schön entspricht gesund, unbesiegbar und stark", weisen wir die Bestie, die den Körper angreift, weit von uns. Caterina sagt, Krankheit störe, sie sei natürlich nichts Gefälliges. Man halte es also für besser, Krankheit zu verleugnen oder wenigstens über die Krankheit anderer hinwegzusehen. Im besten Fall spreche man einige fromme Gebete, ohne jedoch Kranken wirklich nahezukommen. Die Kranken werden so dazu gebracht, sich anders zu fühlen, von einer negativen Andersheit, anders als jene, die sie fast aus Angst, sie könnten sich selbst anstecken, auf Distanz halten. Die Kranken dagegen kämpfen mutig jeden Tag. Kleine Körper, in denen ein Untier lebt, das Tag für Tag unaufhaltsam vorwärtsschreitet. Diese Kleinen lächeln glücklich beim Anblick des großen Hutes von Mary Poppins – sie lächeln über ihre unbändige Lebensfreude. Natürlich sind das Super-Heldinnen und Super-Helden! Die Hand der Zia drückt ihre Hände. Tante Caterina zieht sie zu sich her, zu ihren klingenden Schellenarmbändern, liebkost ihre völlig nackten Köpfe, umfängt schützend die zerbrechlichen Körper. Dafür braucht es Mut – und ja, die Zia hat sehr viel Mut. Sie lässt sich niemals zu gefühlvollen leeren Phrasen hinreißen. Sie bleibt einfach da, flieht nicht, beobachtet aufmerksam im Wissen darum, dass auf diese Augenblicke der Ausgelassenheit, die wie eine kurze, gefährdete Unterbrechung sind, möglicherweise andere folgen werden, in denen sogar ihre eigenen rosa geschminkten Lippen nur noch mit Mühe lächeln können.

So viele dieser Momente hat sie im Laufe der Jahre erlebt, jedes Mal anders, denn die einzelnen Situationen waren verschieden, wie auch die beteiligten Menschen. In Augenblicken, in denen der Kampf immer schwieriger wird, schweigt Caterina, bleibt stumm, klammert sich an die Hoffnung, dass diese harten, dramatischen Augenblicke wieder vergehen, dass sich das Blatt wendet und der kleine Körper doch noch einmal die Lage meistert. Caterina beobachtet ihre Kinder, wenn sie mutig und stark sind und wenn ihnen die Augen langsam zufallen. Ihr Blick wandert liebkosend über ihre bleich gewordenen Gesichter und ihre weichen Wangen, die doch ungeduldig darauf warten, wieder an die Sonne zu kommen. Selbstverständlich sind das Super-Heldinnen und Super-Helden. Denn welchen anderen Namen kann man jemandem geben, der gegen das Unsichtbare kämpft, das er oder sie doch unablässig spürt, gegen diesen Schmerz oder diese abgrundtiefe Müdigkeit, die jeden einzelnen Muskel erfasst hat. Wie, wenn nicht Heldin oder Held, nennt man einen Menschen, dem ein Körperteil amputiert wurde und der nun weitere Operationen über sich ergehen lassen muss, wenn da regelmäßig Rezidive auftauchen. So ähnlich wie bei dem Spiel, bei dem man Luftballons unter die Oberfläche einer wassergefüllten Schüssel drücken muss. Sie sind eben einfach Super-Heldinnen und Super-Helden. Denn sie ergeben sich nicht, sie haben weiter Träume, die sie verwirklichen wollen. Und Caterina ist da, bereit, jeden ihrer Wünsche zu erfüllen. Kaum haben sie einen ausgesprochen, lässt Caterina sie in ihr Taxi steigen, beginnt zu fliegen wie eine Verrückte, um den Traum im Flug zu erhaschen, ehe der Traum sich auflöst oder ehe nicht mehr genug Zeit bleibt, ihn zu verwirklichen.

Diese Handvoll Sekunden, die zu Minuten, Tagen, Monaten, Jahren ... von Lebenszeit werden, ist das Wesen der Existenz der Menschen. So, als säßen sie auf einem Streitross, überspringen die Heldinnen und Helden unermüdlich die Sekunden. Wenn also eines ihrer Kinder den Wunsch äußert, irgendwohin zu fahren, lässt sie wie bei einer Karawane auch andere Super-Heldinnen und -Helden einsteigen. Sie weiß, wie wichtig es für alle ist, das „Schöne" miteinander zu teilen. „Solidarität", so lautet eines von Zia Caterinas Schlüsselwörtern – ein Wert, der den meisten Menschen nicht wirklich bewusst ist. Wir haben den Kopf voll mit vielem nutzlosen Zeug, belasten uns damit, während wir anderes einfach vergessen. Alles ähnelt nicht aufgeräumten Schubladen zu Hause. Das ist ein Zeichen dafür, dass die heutige Gesellschaft immer schwerer zu durchschauen ist.

Caterina ist stark. Sie erinnert uns daran, indem sie immer wieder laut und durchdringend den Trompetenton ihrer Hupe erschallen lässt, wie um die Menschen aus ihrer Trägheit, aus einer Art Dämmerzustand aufzuwecken, in der die Seelen der meisten Menschen gefallen sind. Und das gelingt ihr. Sie schlägt so laut Krach, erzeugt einen gesunden Lärm, dass die Region Toskana 2017 auf sie aufmerksam wurde. Sicher hat man sie zunächst für eine „durchgeknallte Verrückte" gehalten. Einer der Super-Helden hatte ja gesagt: „... Da läuft 'ne ganze Menge durchgeknallter Verrückter herum." Doch dann merkt man schnell, dass die durchgeknallte Caterina doch nicht so verrückt ist, wie es zunächst aussieht – trotz ihrer flippigen Kleider. „In allen Dingen folgt die Liebe dem Unsichtbaren und macht das Unmögliche möglich", sagt Caterina im Brustton der Überzeugung.

2017 ernannte Eugenio Giani, heute Präsident der Region Toskana, Caterina zur „weltweiten Botschafterin der Toskana für Solidarität". Damit unterstrich er den Wert von Caterinas Wirken. Das war für sie mehr als eine bedeutende Anerkennung. Es war ein persönlicher Sieg: eine Antwort auf alle, die an ihrer Aufrichtigkeit zweifelten. Wie dem auch sei, nur oberflächliche Menschen urteilen nach Äußerlichkeiten. Caterinas Taxi ist als Taxi angemeldet. Wie alle anderen Taxis, so dient es auch der normalen Personenbeförderung. Viele Menschen steigen hier ein. Einige sind zunächst verwirrt über das Aussehen des Taxis, doch entsteht dann oft gegenseitige Sympathie zwischen den Fahrgästen und Caterina. So wird die Fahrt zu einem Abenteuer für beide Seiten: das Ende der Fahrt entspricht dem Ende eines Weges, auf dem ein Austausch über Lebenserfahrungen stattgefunden hat. Das hat auch Stefano immer behauptet.

Manchmal steigen auch Leute ein, die die ganze Zeit über schweigen. Man sieht förmlich, dass sie sogar die bunten Farben ablehnen. Die Farben aber kommentieren gnadenlos miteinander grummelnd die Härte des Kunden. Das Taxi ist etwas Lebendiges. Die Gegenstände, die durcheinander auf den Bänken sitzen, werden lebendig. Wenn jemand einsteigt, der ganz vergessen hat, wie man träumt, halten die Farben, die Brillen in Herzform, die Mäuseöhrchen, die grunzenden Schweinchen still. Sie rahmen den Kunden nur ein, der von Kopf bis Fuß in seinen eigenen versteinerten Lebensanschauungen eingemauert scheint. Das Ende der Fahrt ist in diesen Fällen das Ende einer peinlichen und qualvollen Situation. In diesen Fällen bezahlten die Kunden mit Geld, eine andere Vergütung ist hier nach Caterinas Worten nicht möglich.

KAPITEL 8

Die Wunder

Nachdem wir Lavinia in dem Hotel gelassen haben, in dem ihre Mama und Tante untergekommen sind, ist der Tag noch nicht zu Ende. Da war so viel Mitgefühl. Selbst beim Abschied ist dank Caterina und ihrer Stärke sehr viel positive Energie auf die Familie in ihrer schwierigen Lage übergegangen und wirkt dort weiter. Ein für mich ungewohntes und zugleich schönes Gefühl: diese feste Umarmung, in der das eigene Gewissen wieder wach wird. Schwingungen entstehen, in denen ich keine Angst vor dem Körper der anderen mehr spüre, denn sie gehen weiter. Es scheint, als würden nicht Worte, sondern die Pausen dazwischen miteinander reden, während meine Stimme und mein Geist stumm bleiben, unfähig, die richtigen Worte für eine Mutter und ein kleines Mädchen zu finden, das bereits viel zu lange schon erwachsen ist, um einen der schwersten Kämpfe ihres jungen Lebens zu kämpfen. Die Energien der Anwesenden verbinden sich. Wir wissen, dass wir einander einen ganz besonderen Seelenzustand mitteilen. In der festen Umarmung, in der Hand, die jeweils den Rücken der anderen streichelt, den Lidern, die sich in diesem Augenblick über dem wachsamen Auge schließen, spüre ich, wie ich Anteil bekomme an dem Verfall der Kräfte des kleinen Mädchens, der das Leben all dieser Menschen erschüttert. Hier sind wir präsent.

Wer einmal in Kontakt gekommen ist mit den Super-Heldinnen und -Helden und ihren Familien, vergisst deren Gesichter nicht mehr. Sie bleiben eingemeißelt im Gedächtnis. Man fragt sich, wo sie jeweils möglicherweise sein werden und was sie tun werden, falls ihr unerwarteter Gast doch die Waffen streckt, oder ob ihr Körper den ständigen Kampf einfach nicht mehr aushält. So erhalten wir einen Anteil an ihrem Leben. Wie immer lässt Caterina auch bei dieser Umarmung ihre fröhliche Stimme erklingen. Noch einmal schaukelt eine Seifenblase durch die Luft. Noch ein: „Ciaooo, vi voglio bene!!!", „Ciao, ich mag euch!!!". Dann geht das Taxi wieder zu seinem Tagesgeschäft über.

Da ist bereits ein anderer Super-Held, den wir treffen müssen. Auch er hat eine lange Reise hinter sich. Giovanni ist 27 Jahre alt.

Seit zwei Jahren hat er die Rüstung angelegt, um an vorderster Front zu kämpfen. Auch seine Mutter ist da. Man kennt sich bereits seit einiger Zeit. Der Krieger hat ein Bein aus Metall. Das merkt man kaum, denn seine Prothese ist genauso geformt wie sein natürliches Bein. Als Caterina erfuhr, dass sie aus ihrer Heimat Apulien eingetroffen waren, ist sie sofort zu ihnen geeilt. Sie treten in eine Märchenwelt ein.

Giovanni ist erwachsen. 27 Jahre ist bereits ein stolzes Alter, doch alle, auch Giovanni, der eigentlich seit langem nicht mehr an Kindergeschichten glaubt, sind wie verzaubert von Caterinas Märchen. Vor einiger Zeit hat der junge Mann aus Apulien Zia Caterina seinen Traum verraten. Er würde gerne einmal nach Coverciano gehen, wo die italienische Fußball-Nationalmannschaft trainiert. Vor allem möchte er Chiellini, einen seiner Lieblingsfußballer, kennenlernen – und auch Roberto Mancini, den Trainer der Nationalmannschaft. Auch seine Augen beginnen zu strahlen, genauso wie vorhin die von Lavinia. Kaum zu fassen, wie Caterina diese Wunder zustande bringt.

Giovanni spielte sehr gerne Fußball. Er strotzte nur so vor Energie, als es von einem Tag auf den anderen plötzlich aus war mit dem Fußball. Ein Halt, der ihn zwang, von diesem Augenblick an in eine ganz andere, völlig unerwartete Richtung weiterzugehen. Eine komplizierte und vor allem sehr schmerzhafte Reise, unnatürlich und gar nicht passend zu einem so jungen Alter. „Wer ist eigentlich schuld? Wie kann so etwas passieren?" Diese Fragen tauchen spontan auf. Es sind genau die Fragen, von denen Caterina spricht. Sie lassen sich nicht vermeiden. Unmöglich, nicht in die Falle des „Warum nur?" hineinzugeraten. Doch Giovanni zeigt eine unbändige Freude. Er platzt fast vor Ungeduld. Er denkt nicht mehr an die sonderbare Narbe auf seinem Kopf: dort, wo sie ihn rasiert haben für die dritte Operation am Kopf. Die Haare wachsen hier nicht richtig nach. Diese Operationen waren nötig geworden, nachdem sein Körper bereits die Amputation des Beines hatte verkraften müssen. Der übergriffige Gast gab keine Ruhe, kam ein zweites und ein drittes

Mal wieder. Doch Giovanni hat nicht aufgehört, ihm zwischen vollen Lippen die Zähne zu zeigen, zu lächeln und das Ungeheuer aus seinem jungen Körper zu verjagen. Er ist entschlossen, den Kampf, so lange es geht, fortzusetzen. Ruhig stellt er sein Bein mit der Prothese in Position, doch denkt er nicht an dieses Bein. Er denkt nur noch an den Wunsch, der jetzt gleich Wirklichkeit wird.

Ist das nicht ein „Wunder"? – die Gedanken von dem zu lösen, was morgen sein wird, und nur an den jetzigen Augenblick als an die einzige Wirklichkeit, in der es zu leben gilt, zu denken? Wir reißen sogar Witze. „Ja, unglaublich. Wenn du wählen kannst zwischen einem ganzen Tag zusammen mit deiner Freundin und einem Abend mit der italienischen Nationalmannschaft, dann ziehst du die Nationalmannschaft vor?!" Giovanni lachte bei dieser Frage von Zia Caterina. „Eh, ja, aber davon habe ich schon immer geträumt! Meine Freundin kann ich so oft sehen, wie ich will." Sein Lachen, seine Freude, ja sogar sein Traum sind ansteckend. Giovanni misst diesem „morgen" nicht zu viel Bedeutung zu. Wir aus dem Land der gewöhnlichen Sterblichen streben dagegen angestrengt, ja fast wie besessen danach, uns bestmöglich auf eine Zukunft nach unseren Vorstellungen vorzubereiten und diese dann zu gestalten. Schon seit langem hat Giovanni aufgehört, die Zukunft als Bezugspunkt für sein Leben anzusehen. Trotzdem hat er beschlossen, im kommenden Jahr seine Freundin zu heiraten. Nun denkt er an diese Gegenwart. Denn er kann sicher sein, dass er den jetzigen Augenblick erlebt. Ununterbrochen schaut ihn seine Mutter an – ein leises Lächeln auf den Lippen – aus Augen, die müde geworden sind unter der Last, die sie tragen muss. Sie beobachtet besonders aufmerksam die Bewegungen ihres Kriegers. Verständlich, dass sie Angst hat, auch wenn sie nach außen hin fröhlich erscheinen möchte. Sicher freut sie sich über das Geschenk, das die Zia einfach so, ohne eine Bedingung zu stellen, ihrem Sohn macht.

Caterina tut das, was zu tun ist – und gut ist es. Sie setzt sich ans Steuer ihres Taxis und fährt genau dahin, wohin ihre Gäste fahren wollen. Sie regt sich nicht auf, schreckt nicht vor möglichen Schwierigkeiten zurück. Nach außen hin erscheint sie stark oder zeigt sich so, während sie ihre eigene Verletzlichkeit verbirgt. Jenes Wesen, das man „Gott" nennen kann, oder auch „positive Energie", oder „Überzeugung", oder welchen Namen dem Gefühl geben mag, dass das, was man anfängt, gut ausgehen wird, steht ihr zur Seite. Darin liegt die Sicherheit, die Caterina stets zeigt. Zusammen mit ihren Super-Heldinnen und -Helden verkündet Caterina in all ihrer Verrücktheit und Hartnäckigkeit, was am allerwichtigsten ist: immer dem eigenen Traum folgen und nicht aufgeben. Das ist ihre Hauptbotschaft. Und das ist auch der Weg, den sie jeden Tag zurücklegt. Ein Dauerlauf, der nicht darin besteht, falschen Idealen hinterherzurennen, sondern etwas zu ermöglichen, was bis zu diesem Augenblick unerreichbar schien. Für Giovanni hat sie das getan. Zu sehen, wie ein Jugendlicher vor Erwartung bebt, weil er gleich einem Training der Fußballnationalmannschaft zuschauen wird, während der Krebs sich weiter in seinem Organismus ausbreitet, bringt einen wirklich aus der Fassung. Doch zugleich regt das zum Nachdenken an. Sein Mut ist offensichtlich. Man kann das nur bewundern. „Du hast also beschlossen, zu heiraten?", fragte ich ihn. „Ja, im nächsten Jahr. Wir sind schon einige Zeit zusammen und es gibt keinen Grund, noch weiter zu warten." Auch die allgemeine Denkweise wird auf den Kopf gestellt: eine ordentliche Wohnung, einen Arbeitsplatz für beide, die wirtschaftliche Sicherheit ... Einzig wichtig ist jetzt nur noch, sich zu lieben, zu beschließen, zusammen zu sein und das zu leben, was möglich ist – voller Mut Freude und Leid zu teilen.

Voller Bewunderung schaut ihn seine Mutter an: Sie lebt seine Beklemmung, Glück und Angst mit. Die Eltern der kranken Kinder gleichen Festungen. Bewundernswert ist ihre anhaltende mentale Stärke. Einige unterbrechen ihre Arbeit oder kündigen sogar, um unablässig, Schritt für Schritt ihre Kinder in jeder Phase der Krankheit begleiten zu können. Wenn ein schlimmes Schicksal eine Familie in voller Breitseite trifft, wird Caterina zum Fels in der Brandung. Sie hilft konkret, und sei es nur, indem sie in einer sterilen Krankenhausumgebung bei den Menschen sitzt, manchmal schweigend, während das Kind operiert wird, eine besondere Therapie erhält oder während einer Kontrolluntersuchung. Durch ihre bloße, diskrete Anwesenheit hilft sie, auch wenn sie dabei ihre wildgemusterten Kleidungsstücke in poppigen Farben anhat. In diesen Augenblicken schweigen sogar die Glöckchen an ihrem Armband und der Halskette. Da ist nur noch eine Hand, die die andere drückt und sagt: „Ich bin bei dir." Die Väter und Mütter sind Caterina dankbar, ja sie lieben sie, geben ihr die Zuneigung zurück, die von ihr ausgeht. Sie bietet den Schutz, den alle brauchen: wie einen Mantel, unter dem man Zuflucht findet, um dann jenem Übel entgegenzutreten, das sie als Eltern selbst so stark verspüren. Ein Schmerz, der ihnen die Luft abschnürt, wenn sie ohnmächtig zusehen müssen, wie der Tod sich anschickt, ihnen einen Teil ihres eigenen Lebens zu rauben.

Auf dem Trainingsplatz herrscht andächtiges Schweigen. Nur das bunte Taxi stört diese fast unwirkliche Stille. Als sie am Rasenplatz ankommen, auf dem die Nationalmannschaft trainiert, ist sogar Giovannis Gesichtsausdruck verändert. Im Licht der Sonne, die von einem blauen Himmel herunterstrahlt, beginnt das Warten. Der Krieger hat unversehens eine Entscheidung getroffen: Er nimmt den äußeren Teil der Prothese ab, der sein Bein wie ein gewöhnliches Bein aussehen und sein Leben etwas normaler wirken lässt. Allen gefällt sein spontanes Handeln. Mit seinem künstlichen Bein wirkt er noch mehr wie ein Held. Stolz zeigt Giovanni das, was er jetzt wirklich ist: ein Krieger mit einem bionischen Bein. Man sieht da einen energischen, starken jungen Mann und man sieht gleichzeitig die spezifische Realität seines Lebens mit diesen Metallteilen, die von seiner Hüfte ausgehen und ihn mit einem Fuß aus Stahl auf dem Boden stehen lassen. Und man lässt sich noch einmal von seiner Schönheit anrühren, denn schön ist er in der Stärke seiner Seele, die es ihm erlaubt, sich selbst so zu zeigen, wie er ist, ohne Maske. Caterina lehrt ihre Super-Heldinnen und -Helden diese Ehrlichkeit, sucht sie ihnen förmlich einzuflößen: die eigene Zerbrechlichkeit nicht verstecken, sich immer zeigen, auch ohne Haare, auch mit bleichem Gesicht, auch wenn einem ein Körperteil fehlt. Denn, so betont Caterina, genau das macht sie besonders, macht sie zu Super-Heldinnen und -Helden. So macht es auch Caterina durch ihre Kleider. Auf den ersten Blick erscheinen sie wie etwas, unter dem sie sich versteckt. Paradoxerweise exponiert sie dadurch jedoch ihr tiefstes Inneres, entblößt von allen Äußerlichkeiten, die schon seit so langer Zeit nicht mehr zu ihr gehören.

Den ganzen Abend lang warteten wir. Eigentlich hätte sich Caterina hier ein wenig ausruhen können, auch wenn ihr weiter die Gedanken im Kopf herumgingen und sie keinen inneren Frieden fand. Wir unterhielten uns ein wenig; zwischendurch konnte auch sie in ihrer rastlosen Art, ein wenig die friedliche Atmosphäre genießen. Giovanni dagegen strahlte ständig über das ganze Gesicht. Er lächelte unaufhörlich.

Ehrfürchtig schaut Giovanni den Spielern zu. Seine Stars und seine Helden. Caterina und ich sehen das etwas anders, es sind nur Männer, die einem Ball hinterherrennen, während der wahre Held neben uns sitzt mit einem metallisch glänzenden Bein, die Kappe verkehrt rum auf dem Kopf, wie es gerade bei den Jugendlichen in ist. Am Ende des Abends kommt der Augenblick des Fotos mit Caterina, die Witze macht. In der Hand hält sie dabei den äußeren Teil von Giovannis Prothese, den er abgelegt hat und der sonst dazu dient, den Schein zu wahren. „Mir gefällt es besser so", sagt Giovanni. Dabei berührt er das Metall. Er ist stolz auf die glänzenden Stäbe. Der Abend neigt sich dem Ende entgegen. Noch ist es uns nicht gelungen, in die Nähe der Halbgötter zu gelangen. Giovanni wird ungeduldig. Caterina weiß, dass wir nicht gehen werden, ehe nicht ein Foto von ihm wenigstens mit einem seiner Idole und dem berühmten Nationaltrainer Roberto Mancini gemacht worden wäre. Ja, es gibt Wunder. Vielleicht hat auch die Tante unter ihrem Mantel einen Zauberstab verborgen. Und genau dann, wenn man es am wenigsten erwartet, zieht sie ihn hervor und das Unvorstellbare wird Wirklichkeit.

Ein kleiner Pulk eines schweigenden Publikums hat sich lose hinter unserem Rücken gebildet. Nirgends bleibt die Anwesenheit von Zia Caterina unbemerkt. Manche kennen sie, bei anderen weckt sie Neugierde und sie fragen nach. Schnell verbreiten sich auch in dieser Personengruppe die Informationen über das, was sie in der Meyer-Kinderklinik für die kleinen Patientinnen und Patienten tut. Einige Frauen greifen schüchtern nach ihrem Rock aus rotem Satin. „Signora, ich verfolge oft die Nachrichten über Sie. Herzlichen Glückwunsch für Ihre Aktivitäten. Sie lächeln den Menschen zu und verschenken Träume." Caterina lächelt. Man spürt, dass sie sich freut, wenn sie Anerkennung erhält für das, was sie tut, und ihre Botschaft der Liebe.

Sie beginnen also, sich zu unterhalten. Schnell gesellen sich andere Menschen zu der kleinen Gruppe dazu. Einige Fußballer kommen nun aus der Dusche. Giovanni kann Fotos machen, aber der berühmte Nationaltrainer erscheint immer noch nicht. Eine Frau fragt Caterina, was sie hierher nach Coverciano geführt habe. Caterina erzählt daraufhin von Giovannis Traum und fügt hinzu: „Wir warten auf den Nationaltrainer Mancini, aber wir sehen ihn nicht und wir müssen jetzt wieder los ..." Da wird das Wunder konkret: „Ich bin seine Cousine", sagt die Frau. „Ich rufe ihn sofort her. Wartet noch ein bisschen, ehe ihr losfahrt." Das scheint nicht wahr zu sein, und doch passiert so etwas oft, wenn man mit Caterina zusammen ist: Träume nehmen Form an, werden Realität. Ja, es gibt Wunder und wir bekommen heute ein wunderschönes Foto mit dem Trainer der italienischen Nationalmannschaft Mancini und Giovanni, der stolz und strahlend lächelt. Auch sein Bein strahlt – metallisch.

KAPITEL 9

Die Reise
ins Heilige Land

Kurz bevor Caterina Giovanni kennenlernte und mit ihm nach Coverciano fuhr, hatte sie begonnen, sich mit dem christlichen Glauben zu beschäftigen, vor allem mit der Frage, inwieweit der Glaube die Wahrnehmung der Wirklichkeit verändert. Glaube entsteht bisweilen ganz unerwartet. Manchmal beginnt er schwach zu leuchten wie das Licht einer kleinen Kerze, das dann zu einem kräftigen Lichtstrahl wird. Es ist schwierig zu erklären, wie Glaube entsteht. Ziemlich sicher ist aber, dass der Glaube, sobald er konkrete Inhalte vertritt, die Gefühle der Menschen verändert, wenn nicht sogar auf den Kopf stellt. Caterina ist nicht mit dieser Berufung geboren, doch mit der Zeit änderte sich etwas in ihrem Herzen.

Vor allem stellte sie andere Fragen als am Anfang. Die Fragen setzten einen klaren Prozess in Gang. Nach einer Weile kam sie darauf, dass Antworten, die sie seit jeher suchte, auch außerhalb der irdischen Wirklichkeit liegen könnten. Dieser Glaubensweg begann vor einigen Jahren. Damals war sie unruhig, konnte keine schlüssige Erklärung finden für all die Fragen, wegen derer sie sich den Kopf zermarterte. Der Weg des Glaubens kennt kein Ziel. Man schreitet vorwärts, bleibt manchmal auch stehen und ändert dann vielleicht den Kurs. Caterinas stolzer Blick lässt ahnen, dass sie ihn geht. „Es ist ein langer Weg", sagt sie zu mir, „und ich arbeite hart daran!" „Wann bist du ins Heilige Land gefahren?", frage ich. Diese Frage ist zu genau. Caterina orientiert sich nicht in der Zeit. Aber es ist nicht nur das. Sie wirkt fast scheu, wenn sie von etwas Persönlichem erzählen soll, das sie tiefinnerlich berührt. Also nennt sie kurz angebunden eine Telefonnummer und den Namen „Vittoria". Vittoria hatte sie auf dieser Fahrt begleitet. „Sprich doch mit der, ich erinnere mich nicht genau. Sie war mit mir zusammen. Sie kann dir alles erzählen."

Dann steht da plötzlich ein einfacher, sehr banaler Satz im Raum, nur so dahingesagt in diesem Taxi. Die von Caterina absichtslos und schnell dahingesprochenen Worte berühren mich sehr: „Ich wollte dort mit dem Taxi hinfahren, ins Heilige Land, unbedingt. Wir haben alles getan, mit einem Haufen Leute gesprochen. Nichts zu machen. Wenn ich diese Reise machen wollte, musste ich das Taxi zu Hause lassen. Am Ende musste ich aufgeben. Ich musste das Flugzeug nehmen." Sie hört kurz mit dem Erzählen auf, fährt dann wieder fort voll Ärger über den Zwang, den man ihr auferlegt hat: „Im Flugzeug hatte ich noch nicht mal den Mantel an, auch den musste ich ablegen!" Kein Taxi, kein Hut, kein Mantel, Caterina ohne all die Dinge, die sie sonst beschützen. Für sie war es wirklich sehr schwer, damit fertig zu werden. Ich verstehe, was es sie kostete, in das Flugzeug zu steigen, das sie ins Heilige Land bringen sollte. All der Dinge beraubt, die sie sonst beschützten, sie umhüllten wie eine Blase, in der sie sich in Sicherheit und weniger verletzlich fühlte. Deswegen stellt diese Reise einen wichtigen Abschnitt auf dem Lebensweg von Zia Caterina dar.

Das bestätigte auch ihre Freundin Vittoria, als ich mit ihr telefonierte. „Die Reise ins Heilige Land war für Caterina etwas Grundlegendes", sagte sie. „Warum? Und wie ist die Idee entstanden, dorthin zu fahren?", fragte ich. Vittoria ist sehr nett. Begeistert erzählte sie mir Folgendes: „Die Idee für die Reise entstand so: Caterina hatte einem palästinensischen Kind aus Jenin ein Versprechen gegeben. Es war an Leukämie erkrankt und wurde in der Meyer-Kinderklinik behandelt. Sein Vater arbeitete in Florenz. Bei den Fahrten ins Krankenhaus lernte Caterina das Kind kennen. Sofort waren beide sich so sympathisch, dass Caterina eines Tages versprach, es an seinem Geburtstag in Jenin zu besuchen und gemeinsam mit ihm und seiner Familie zu feiern. So lautete die offizielle Begründung für die Reise. In Wirklichkeit aber suchte Caterina immer noch Antworten auf den tiefen Schmerz, der sie seit Stefanos Tod quälte. Damals, im Jahr 2013, hatte Caterina noch keinen Glauben. Doch genau danach suchte sie in ihrem tiefsten Inneren. Sie wollte eine Antwort haben auf die 1000 Fragen, die ihr im Kopf herumgingen."

Bei dieser Geschichte erstaunt vor allem eines: Caterinas Zuverlässigkeit: ein Versprechen geben und dann auch halten. Auch mit dieser Haltung steht sie im Widerspruch zu einer Gesellschaft, in der man Worte leichtfertig gebraucht und nur selten Versprechen auch wirklich hält. Ein feiner Zug von Caterina. Natürlich ist sie chaotisch, aber eines ist sicher: Sie hält alles, was sie versprochen hat.

Gemeinsam mit Vittoria reiste sie also ins Heilige Land. Zugegeben, sie war wütend, weil sie ihr Taxi nicht mitnehmen konnte. Aber sie verzichtete nicht auf die Reise. Sie wollte das Versprechen, das sie einem Kind gegeben hatte, das sie brauchte, nicht brechen. „Caterina hatte große Probleme", fuhr Vittoria fort. „Zum ersten Mal ist sie ohne die Dinge, von denen sie sich beschützt fühlt, in ein Flugzeug gestiegen. Als wir dann vor Ort waren, merkte sie, dass sie auch ohne ihren großen Hut und Mantel mit anderen in Beziehung treten konnte. Sie ging in Krankenhäuser, lernte Kinder kennen und sprach mit der gewohnten Begeisterung – trotz des hässlichen orangeroten amerikanischen Käppis, das sie hatte aufsetzen müssen." „Was geschah dann? Wie kam ihre Bekehrung zustande?" „Die Tante traf argentinische Priester. Das war der Beginn ihrer religiösen Erfahrung. Zum ersten Mal beichtete sie bei einem von ihnen: eine lange Beichte, die mehrere Stunden lang dauerte. Ich wartete fast einen ganzen Tag lang draußen. Ich glaube, Caterina erhoffte sich von dieser Begegnung eine Art von Erleuchtung. Die trat aber nicht auf der Stelle ein, wenigstens nicht so, wie sie gehofft hatte. Doch wurde genau da ein kleines Samenkorn gelegt. Von da an begann Caterina ihren Glaubensweg. Zurück in Italien lernte sie im Laufe der Jahre andere wichtige Menschen kennen, zum Beispiel Don Luigi Verdi von der Bruderschaft von Romena oder Pater Bernardo Giani von der Kirche San Miniato al Monte hier in Florenz. Jeder hat dazu beigetragen, dass sie ein Mosaiksteinchen von dem fand, was sie bis heute sucht."

Dann erzählte Vittoria von der Feier bei dem kleinen Kind. „Dieser Tag war sehr anstrengend – und sehr abenteuerlich –, auch die Fahrt zum Haus des Kindes! Wir sind in einen kleinen Bus gestiegen. Drinnen war schon ein buntes Häuflein von Menschen versammelt. Überrascht waren wir darüber, dass Frauen Hühner mit sich herumtrugen, als seien es Einkaufstaschen. Was für ein Schauspiel ... Bei dieser Gelegenheit zog die Zia wieder ihren Umhang an und setzte ihren großen Hut auf. Es hat uns überrascht, dass die Leute dort Caterina nicht als seltsam empfanden. Die Menschen gingen auf sie zu, Caterina konnte problemlos mit ihnen kommunizieren. Einfach nur schön, wie Gesten und Lächeln Menschen verbanden, die nicht dieselbe Sprache sprachen. So war es auch im Haus des Kleinen. Zia Caterinas Strahlen steckte an, auch wenn sie die Sprache der Familie nicht verstand. Es war ein wunderschönes Fest, bunt und voller Freude. Ab diesem Zeitpunkt begann die Tante ihren Glaubensweg. Vor allem aber verstand sie zum ersten Mal seit Stefanos Tod, dass sie die bunten Kleider nicht anhaben musste und trotzdem, ohne ihr Taxi und alles, was ihr als Schutz diente, immer noch dieselbe war. Das hat ihr Selbstvertrauen gestärkt."

Damit gab Vittoria ein wichtiges Zeugnis ab über den Abschnitt von Caterinas Leben, der zu ihrem inneren Wachstum wesentlich beigetragen hat. Jede Erzählung enthüllt einen Aspekt von Caterinas Persönlichkeit. Je mehr man von ihrem Leben erfährt, umso bewusster wird einem, wie komplex ihr Charakter ist, und zugleich, welch riesige Strecke sie auf dem Weg zurückgelegt hat, den sie bis heute geht. Caterina ist das Beispiel eines Menschen, der die eigne Persönlichkeit fortentwickelt, wenn nach und nach Anlagen offenbar werden, die bis zu diesem Zeitpunkt in seinem Inneren verschlossen gewesen waren. Die Reise ins Heilige Land bewirkte bei Caterina einen Entwicklungssprung. Sie hatte ihn damals gebraucht. Auf dieser Fahrt näherte sie sich an den Glauben an – und sie gewann neue Sicherheit. Caterina lernte hier, an sich selbst zu glauben auch ohne alle Zusätze, mit denen sie sich normalerweise ausstattete. Außerdem ließ diese Reise Caterinas großes Talent, immer und überall mit ihren Nächsten zu kommunizieren, noch stärker hervortreten.

KAPITEL 10

Wahnsinn und Unsichtbarkeit

Es ist ein sensibles Thema, nicht weil man hier leicht jemanden verletzen kann, sondern weil die Grenzlinie zwischen Wahnsinn und Normalität wirklich sehr dünn ist. Stellenweise hat das eine Gebiet die Tendenz, unmerklich auf das andere überzugreifen. Sicher hat Caterina stellenweise Bereiche des Normalen verlassen. Darüber zu urteilen ist jedoch nicht einfach und auch nicht gerecht. Die Tante bewegt sich außerhalb von Konventionen, die Menschen gemacht und für andere als verpflichtend erklärt haben. Doch werden diese mit der Zeit oft zu Stereotypen und führen zu einem leeren Formalismus. Was heißt wirklich verrückt? Den Nächsten nicht wahrzunehmen oder ihn zu beachten? So zu tun, als existiere er nicht, oder ihn bedingungslos zu lieben? Caterinas Handeln stellt uns vor diese Fragen. Zeugt ein bestimmter Hut von Wahnsinn? Oder ihr Mantel und die Farben um sie herum? Oder ist das harte Schweigen verschlossener Menschen verrückt, die sich nur schwer aus ihrem Schneckenhaus herauswagen aus Angst, sich ihren Nächsten offen zu zeigen?

Manche glaubten, die Zia verkleide sich, wenn sie lange Röcke anzieht und große Hüte mit buntem Blumenschmuck aufsetzt. Sie selbst aber sagt, ihre Kleider hätten von Anfang an eine Funktion gehabt. Sie habe die Absicht, den Schmerz tief innen in ihrem Herzen einzuhüllen, ihm ein Aussehen, eine Farbe, einen Umhang zu geben und ihn so für andere spürbar zu machen. Es ist nicht so, wie es auf den ersten Blick scheint. Nein, ihre Kleidung diente Caterina dazu, sich „zu entblößen" und so zu zeigen, was sie empfindet und wer sie selbst ist. Ein Aufzug, der den Schmerz herausschreit, der sich nach dem Tod ihres Lebensgefährten in ihr eingenistet hat, geblieben ist und Caterinas Körper zur dauernden Wohnstatt genommen hat. Die Tante hat beschlossen, sich auf diese Weise an Stefano zu erinnern: Sie hat ihn jeden Tag ihres Lebens dabei, in Form der Blumen, die über den Rand ihres großen Hutes herabhängen, im Flattern des langen Umhangs, der ihre Schultern bedeckt. Das ist ihre Antwort auf Stefanos Tod aus. So gekleidet, gelingt es ihr, mit der Welt in einen Dialog zu treten, als diejenige sichtbar zu sein, die sie ist.

Sich sichtbar zu fühlen ist für Caterina sehr wichtig. Wie wir einmal sein werden ist zum Teil bereits in unseren Genen angelegt. Zudem entwickeln und verstärken sich einige Charakterzüge im Laufe des Lebens ausgehend von dem, was Menschen in ihrer Kindheit erlebt haben. Das war auch bei Caterina so. Sie ist durch ihre Familie geprägt. Caterina lebt den Widerspruch einer gesunden Verrücktheit. Ich weiß nicht, ob es tatsächlich eine Art Wahnsinn gibt, der gesund ist, aber ich glaube, dieser gesunde Wahnsinn ist dort möglich, wo jemand den strengen Kodex stereotyper Verhaltensmuster hinter sich lässt, um sich anderen Menschen zu nähern.

„Jeder Tag ist anders", sagt Caterina. „Ich gehe dahin, wo Not am Mann ist. Ich gehe dahin, wohin man mich ruft." Nur langfristig festgelegte Termine trägt Caterina ein. Die Gegenwart aber wird vom Zufall bestimmt. Sie ist eng verknüpft mit den dringenden Bedürfnissen von Menschen, die Caterina zu Hilfe rufen. Treffen mit ihr sind nur schwer planbar. Es kostet sie große Anstrengung, zu ausgemachten Uhrzeiten da zu sein. Das merkt man. Häufig sind Verspätungen nicht ihre Schuld. Sie entstehen, weil viele Menschen um sie herum Caterina spontan in unvorhergesehene Aktivitäten einbinden. Will man mit ihr einen für sie typischen Tag verbringen, so muss man sich ihrem Rhythmus anpassen. Das weiß man von vornherein. Und es macht sogar Spaß. Man gibt sich der reinen, sich ständig verändernden und immer neuen Gegenwart hin, die jeden Plan, und sei er nur ansatzhaft gefasst, zunichtemacht. Sonderbar fühlt es sich an, wenn so die Zeit einfach verschwindet. Dies ist ein Bestandteil von Caterinas magischer Verrücktheit. Das Fehlen der Zeit wirkt, als seien die Gesetze der Schwerkraft aufgehoben: man fühlt sich plötzlich ganz leicht - genau diese Leichtigkeit schärft unsere Sinne. Man nimmt die Hand von der Bremse, mit der man normalerweise die Kontrolle behält - hat keine Angst und stellt sich keine Fragen. Diese erfreuliche Verrücktheit trägt Caterina in ihren Genen. Sie hat sie geerbt. In den Erzählungen ihrer Mutter über die Vergangenheit der Familie Bellandi tauchen einige „bizarre" Menschen auf.

Unter all den Geschichten berührt eine ganz besonders: die vielleicht bedeutsamste auch für Caterinas Leben. Caterina selbst kommt immer wieder darauf zurück, lächelt gerührt, wenn auch ein bisschen bitter beim Erzählen. Man versteht auch warum. Denn die Geschichte zeigt, dass vielleicht zu wenig Rücksicht auf Caterinas Gefühle genommen wurde. Sie spricht von ihrer Cousine. Nach Caterinas Beschreibung muss sie sehr schön sein. Als kleines Mädchen kam sie in die Familie Bellandi, nachdem ihr Vater, Caterinas Onkel, als Witwer nicht in der Lage war, das Kind allein großzuziehen. Dieser Onkel hatte laut Caterina Mühe, seine eigene Rolle sowohl als Vater als auch als Ehemann auszufüllen. Sie sagt das ohne bösen Unterton, rein als Beschreibung von Tatsachen. „Meine Cousine war schön. Blond, mit zwei hübschen Beinen, so ...", sie macht eine Geste. Ja, so war das Mädchen, das ihr urplötzlich zur Schwester wurde: diese Art von Verwandtschaft wurde ihr auferlegt. Die Spuren dieses Kindheitserlebnisses lassen sich heute noch an Zia Caterinas Charakter ablesen. Wer den Erzählungen über diese Jahre zuhört, staunt darüber, wie verschieden die Beziehung zwischen Caterina und ihrer Cousine innerhalb ihrer Familie wahrgenommen wurde. Caterinas Mutter Paola hatte niemals die Konflikte bemerkt, die zeitweise zwischen den beiden Mädchen bestanden. Angesichts der sehr verschiedenen Wahrnehmung, die sie und ihre Mutter von diesen Jahren haben, lächelt Caterina ironisch. Das Zusammenleben war schwierig. Es war ständig überschattet von Rivalitäten zwischen den beiden Mädchen, die heute erwachsen sind.

Schwer zu sagen, in welchem Maß dies Caterinas Charakter geprägt hat. Sicher und nicht zu unterschätzen ist jedoch der Einfluss einer Besonderheit: Caterina hatte das Gefühl, nicht sichtbar zu sein. Sie litt darunter und reagierte darauf, wie sie es für angebracht hielt. Diese Erlebnisse gehören zu einer Reihe von Verletzungen, die ihren Charakter geprägt haben. Durch sie wurde sie zu der resoluten Frau, als die sie heute auftritt, die sich nicht einschüchtern lässt von den Schwierigkeiten, denen sie im Leben begegnet. Diesem

Gefühl der Unsichtbarkeit stellt sie den Eigensinn und die Leidenschaft entgegen, mit denen sie ihren Traum zu verwirklichen sucht. Nicht nur dies: Dieses schlechte, in ihrer Kindheit grundgelegte Gefühl, hat sie sensibler gemacht für die Bedürfnisse anderer Menschen und ihre eigene Wahrnehmung geschärft. Deswegen erkennt Caterina die Schmerzen anderer, sie spürt diese instinktiv.

Die Krankheit macht Angst, wie sie sagt, sie stört. Häufig schlägt die Leere, die um kranke Menschen und ihre Familien herum entsteht, mehr Krach als die Krankheit selbst. Freunde und Freundinnen gehen auf Distanz, Bekannte verschwinden ganz einfach ... All das hinterlässt ein tiefes Gefühl, unsichtbar zu sein, so als ob der Körper der Kranken einfach nicht existieren würde, als ob ihr Bild durch ein Nichts ersetzt würde. Caterina hat erlebt, wie es ist, unsichtbar zu sein. Sicher haben die anderen das nicht gewollt, aber sie hat es so wahrgenommen. Heute hebt sie für ihre Super-Heldinnen und -Helden dieses Gefühl aus den Angeln und es wird Licht. Sie ist für die kranken Kinder und ihre Familien präsent, damit sie sich niemals verlassen fühlen.

Manchmal spürt sie immer noch das alte Gefühl der Unsichtbarkeit. Sie versucht darauf zu antworten, indem sie verzeiht. Das fällt ihr nicht leicht. Manchmal gelingt es, manchmal entwischt ihr auch eine spitze Bemerkung. Doch das ist nicht schlimm. Auch das macht sie menschlich. Sie weiß selbst gut genug, dass die Perfektion nicht zu ihr passt. Eigentlich ist ja kein Mensch auf dieser Welt wirklich vollkommen. Sie lacht, während sie grummelnd sagt, ihrer Meinung nach nehme ihre Mutter auch nach vielen Jahren noch nicht wahr, was sie wirklich im Leben mache, warum in aller Welt sie so bunte Kleider anziehe und so auffallende Hüte aufsetze. Sie ist mutig. Im Lauf der Jahre ist es ihr gelungen, über einige Aspekte ihrer Beziehung zu ihrer Mutter Witze zu machen, unter denen sie genauso gut immer noch leiden könnte. Sicher hilft ihr der Glaube dabei. Er hilft ihr auch, Abstand zu gewinnen zum Unbehagen, das die Unsichtbarkeit bei ihr auslöst. Stattdessen ist sie jetzt ganz erfüllt von Liebe zu ihren Kindern. Dieses Gefühl hat einige ihrer wunden Punkte heilen lassen. Caterina hat gelernt, wie wertvoll der Unterschied ist zwischen dem, was wichtig, und dem was nicht wichtig ist. Oder sie hat zumindest gelernt, dass es unmöglich ist, bestimmte Dinge, Menschen oder Situationen zu ändern, wie hartnäckig man das auch versucht. Das, was wir durchlebt haben, als Reichtum anzusehen. Das Negative zu verwandeln. Ja, alle Ereignisse ihres Lebens lieferten ihr die Mittel, dank derer sie sich in die Revolutionärin verwandeln konnte, die sie heute ist, die ganz locker und stolz in ihrem bunten Taxi in Italien herumfährt. Heute ist Caterina sichtbar. Sie zieht die Aufmerksamkeit auf sich, lenkt diese auf das, was sie tut, und auf die Super-Heldinnen und -Helden, ihre besonderen Kinder, damit auch ja niemand sie jemals vergisst. Ich betone den Ausdruck „Revolutionärin", denn ich bin davon überzeugt, dass nur diese Art von Menschen der bedeutungslos gewordenen Wirklichkeit, in der wir leben, neue Wendungen geben kann. Sie rütteln uns auf, vertreiben die Benommenheit, die sich wie ein Nebel über unseren Alltag gelegt hat.

KAPITEL 11

Der Freiwilligendienst

Von allen Wänden des Hauses, in dem sie mit ihrer Mutter lebt, dringt Caterinas gesunde Verrücktheit auf einen ein. Die Landschaft ist wirklich wunderbar – wie könnte es bei einem Menschen wie ihr auch anders sein? Sie passt genau zu ihr. Entzückt steht man vor einer Handvoll malerischer Häuser – fast einem kleinen Dorf –, fühlt sich sofort willkommen, geborgen, wie unter dem weiten Umhang der Zia. Die Menschen hier in dem kleinen Landgut sind offen und warmherzig. Blumen in riesigen Terrakottatöpfen beobachten alles genau. Das bunte Farbenspiel atmet liebenswürdige Fröhlichkeit. Alles im Freien leuchtet und das Licht schickt seine Energie auch in die Zimmer des Hauses hinein. Großzügige Räume, die früher als Lagerräume dienten, eine gewölbte Decke, alles atmet Freundlichkeit, Wärme, Herzlichkeit. Die Möbel sieht man nicht so richtig. Sie verschwinden unter einer Vielzahl bunter, verschiedenartiger Gegenstände, die sich, nachlässig abgelegt, zufällig dort befinden. Es herrscht Chaos, aber das stört nicht weiter. Die Unordnung im Hause Bellandi strömt Heiterkeit aus. Fast scheint es, als komme einem jedes der hier verstreuten Dinge zur Begrüßung entgegen, so wie Caterinas Hund, ein Bernhardiner. Glücklicherweise bindet sie ihn rechtzeitig an, damit ich nicht unter 60 Kilo warmer Liebkosung begraben werde. Das Haus zeigt noch einmal sehr konkret, wie vielfältig und komplex Caterinas Persönlichkeit ist.

Was für ein Privileg, sie in dieser Umgebung beobachten zu können, während sie sich fertig ankleidet. Dabei geht sie durch verschiedene Räume. In jedem sind die Wände in einer anderen Farbe angestrichen. So komme ich auch in den Raum, den Caterina scherzhaft das „Magazin" nennt. Man scheint hier geradewegs in die Tasche von Mary Poppins hineinzukommen. An den Wänden hängen Dutzende Brillen in den verrücktesten Formen und in mehr als allen Farben des Regenbogens. Hier im „Magazin" weigert sich das Licht, sich in den gewohnten Farben zu brechen. Was es sonst nur in der Phantasie gibt, wird Wirklichkeit. Große Sonnenhüte grüßen mit einem frohen Nicken der Blumen am Rand: Rosen, Hortensien, Margeriten brechen abwechselnd in Gelächter aus. Als sie sehen, wie verwirrt ich bin, nicken sie einander zu. Auch die rosa Schweinchen grunzen zur Begrüßung. Ohne jede Feindseligkeit nehmen dich alle hier freundlich auf.

„Das ist mein Magazin. Genau genommen ist eigentlich auch das Leben ein Lagerhaus. Du findest dort alles Mögliche. Nicht wahr?" Ich nicke. Sicher. So ist das. Das Leben ist ein Lagerhaus. Es enthält all die unendlichen Augenblicke unserer Existenz, wie Caterina sagt. Einige sind sperrig, andere weniger, einige bunt und fröhlich, andere randvoll mit Melancholie oder Tränen. Das Lagerhaus ist voll mit Menschen, mit Leuten, die vorbeigehen und denen wir alle auf einem kurzen Abschnitt unseres Lebensweges begegnen. Sie hinterlassen etwas oder sie nehmen etwas mit. Caterina besitzt eine unendliche Fülle an Erinnerungen. Diese haben sich angeheftet an ihre Blumen, die zahlreichen Kleidungsstücke, die vielen Brillen, die einen, aufgereiht an einer Schnur, vor einer blau gestrichenen Wand ständig beobachten. Es sind keine beliebigen Dinge. Jedes von ihnen hat etwas Besonders, ein Charakteristikum, das es mit einem der Super-Heldinnen und -Helden verbindet oder auch mit einem Augenblick, der mehr als andere Caterinas Leben geprägt hat. Sie erinnert sich an alles. Eilig und doch sicher bewegt sie sich zwischen ihren Freunden und Freundinnen hin und her. Ein Ding streichelt sie, ein anderes legt sie an. Sie bewegt sich nicht wie jemand, der geht, sondern so, als schwebe sie in der Luft. Ihr Rock mit großen weißen Punkten begleitet sie treu beim eiligen Hin und Her in diesem Warenlager voller Leben. Nur einmal hält sie still: Sie schminkt ihre Augen. Da setzt sie sich hin, doch ihr Redefluss versiegt nicht.

Dabei merkt man, wie menschlich die Fee ist. Ja, sie ist ein wirklicher Mensch – in ihrer Müdigkeit und den Falten, die beginnen, sich auf ihrem Gesicht abzuzeichnen. Caterina ist eine sehr schöne Frau, obwohl ihr ständig Schmerzen, Verletzungen und Verluste unter die Haut gehen. Sie hinterlassen dort Spuren. Caterina kennt diese nur zu gut. Jede der kleinen Vertiefungen rund um ihre Lippen, wie Blütenblätter einer Blume, steht für den Namen eines

Ortes, das Lächeln eines Kindes, die Müdigkeit und das Weinen einer Mutter oder eines Vaters angesichts eines unausweichlichen Schicksals. Jede Falte, die eingegraben ist auf ihrer von der blonden Lockenmähne umrahmten Stirn, ist die Spur eines unerträglichen Schmerzes. Sie nimmt all das auf sich. Das ist ihr Auftrag. Sie fühlt sich berufen, ihn zu erfüllen. „Wir alle haben eine je eigene Begabung. Alle haben einen Traum, den sie verwirklichen sollen. Meiner ist genau das", sagt sie, als sie den grünen Lidschatten fertig aufgetragen hat.

Caterina ist stolz auf diese Art zu leben. Entschlossen verteidigt sie ihren Traum gegen alle, die sich davon einen Gewinn versprechen oder ihn sich zu eigen machen wollen, so als sei es ihr eigener. Was das angeht, ist Caterina unerbittlich. Ihr Traum gehört ihr ganz alleine. Er ist wie ein eigenes Kind, das sie energisch und stolz beaufsichtigt und behütet. Er entsteht und entwickelt sich ganz so, wie ihr persönlicher Lebensweg verläuft. Während sie schnell den Umhang anzieht und mich bittet, die Stoffpuppe hinter ihren Schultern mittels einer Sicherheitsnadel festzustecken, erklärt sie weiter: „Es ist doch ungerecht, dass da andere kommen und dir deinen Traum stehlen. Sollen sie sich doch einen eigenen suchen!" Leidenschaftlich vertritt sie diese Auffassung.

Manchmal scheint es unmöglich, dass Caterina wütend wird und sich schrecklich aufregt. Wir glauben nämlich, dass Feen immer ruhig sind und stets lächeln. Wenn aber jemand an Caterinas Berufung rührt, fährt sie ihre Krallen aus, hält die Berufung fest an ihr Herz gedrückt und verteidigt sie wie eine Kriegerin. Dann mutiert der Umhang zur Rüstung und verhindert, dass irgendjemand eine unsichtbare Grenzlinie überschreitet. Deswegen fängt sie auch mit manchen Menschen Streit an. „Wenn ich merke, dass sie mein Leben führen und nicht ihr eigenes, dann muss ich auf Distanz gehen. Das tue ich nicht für mich, sondern für sie. Ich spüre, dass sie einen gefährlichen Weg einschlagen. Also muss ich sie von mir entfernen, damit sie nicht in Gefahr geraten, sich selbst zu schaden."

Caterina spricht hier von den Freiwilligendiensten. Dieses Thema liegt ihr am Herzen. Vor allem in den letzten Jahren hat man viel, jedoch, so Caterina, nicht immer korrekt über den Freiwilligendienst gesprochen. „Problematisch wird es, wenn jemand seine innere Leere füllen muss. Jeder muss sich selbst prüfen, wissen, wer er oder sie ist, und die eigene Motivation kennen. So können Menschen entdecken, wofür ihr Herz brennt, was sie lieben wollen. Richtig verstandener Freiwilligendienst erwächst einem ursprünglichen Impuls, nämlich der Liebe. Sie ist meiner Meinung nach die Hauptmotivation. Liebe lässt erkennen, wovon man selbst wirklich träumt. Das bannt die Gefahr, den Traum von jemand anderem zu übernehmen. Du machst einen Freiwilligendienst, weil du für etwas brennst, etwas liebst, nicht, weil du dich leer fühlst und das überdecken möchtest. Wenn du nur eine Leere ausfüllen möchtest, läufst du jemandem oder etwas nach und gibst der Liebe kein Gewicht. Du benutzt nur einen Weg, den andere gebahnt haben, der aber nicht dein eigener Weg ist. Einige sind in dieser Gefahr. Sie respektieren nicht nur nicht die Grundprinzipien des Freiwilligendienstes, sie riskieren auch, gedanklich und konkret im Leben einen falschen Weg einzuschlagen. Niemand sollte der Fan von jemand anderem oder etwas anderem sein. Das bedeutet gerade nicht einen Freiwilligendienst zu leisten." Wiederholt bekräftigt Caterina diese Ansicht. Erregt spricht sie weiter: „Ich kann mich aufopfern, kann ganze Tage angestrengt rastlos arbeiten, kann sogar fast vor Müdigkeit umfallen, so sehr, dass ich manchmal nicht mehr weiß, wie ich weitermachen soll, so viel Energie steckt in mir ... aber all das habe ich selbst gewählt. Es ist mein Leben, mein Traum, meine Entscheidung. Die treffe ich jeden Tag neu. Das bedeutet für mich, eine Freiwillige zu sein. Ich folge meiner Leidenschaft. Ich muss ganz einfach meine Nächsten lieben und ihnen helfen. Deswegen habe ich diesen Weg eingeschlagen. Er hat mich dazu geführt, mich als Oblatin dem Benediktinerorden anzuschließen. Aber die anderen?"

Menschen, die längere Zeit an ihrer Seite leben, ihr ständig auf ihren unzähligen Reisen kreuz und quer durch Italien und sogar ins Ausland folgen, mit ihr Augenblicke großer emotionaler Dichte und Tiefe durchleben, laufen tatsächlich Gefahr, so von ihrem Charisma beeinflusst zu werden, dass sie sich selbst aus dem Blick verlieren. Caterina erzählt, dass dies wirklich schon mehrfach passiert ist. „Wenn ich merke, dass ein Mensch mein Leben lebt, bekomme ich Angst. Ich befürchte, er könnte eines Tages vielleicht plötzlich aufwachen und merken, dass er nicht so wie ich aufgrund seiner persönlichen Entscheidung diesen Weg eingeschlagen hat. Schon ein paar Mal haben mir Leute vorgeworfen, es koste zu viele Opfer, diese Arbeit zu verrichten. Da habe ich verstanden, dass dieser ganze Weg, den ich gehe, den Menschen, die mir folgen, weil sie mich für einen Star halten, auch schaden kann. Ich bin aber kein Star, dem man folgen muss, das will ich auch gar nicht sein." An ihrer Seite zu sein erfordert zweifellos einen hohen Einsatz. Klar ist auch, dass sie alleine nicht alles organisieren kann. Caterina hat tatsächlich eine Gruppe von Menschen, die sie unterstützen.

Solange die Menschen, die ihr folgen, dies aus demselben Grund tun wie sie selbst – leidenschaftlich ihren Nächsten zu helfen –, können sie gemeinsam mit ihr diesen Weg gehen, vielleicht mit anderen Schritten als sie selbst, aber doch gemeinsam: Probleme entstehen ihrer Meinung nach dort, wo Mitarbeitende andere Beweggründe haben. Dann kann längere Zusammenarbeit dazu führen, dass sie in einem Gefühlschaos untergehen und selbst nicht mehr wissen, wer sie eigentlich sind. Wer also in Caterinas gemeinnützigem Verein mitarbeiten möchte, sollte sich über die eigenen Gründe genau im Klaren sein. Schon ein einziger Tag mit ihr ist anstrengend. Man wird von einem Strom mitgerissen, weiß von vornherein nicht, wohin er führen wird. Das macht natürlich Spaß. Jemanden aber, der nicht emotional gefestigt ist und weiß, was er will, kann das total aus dem Gleichgewicht bringen. Caterinas Alltag besteht aus einem ständigen Wirbel von Ereignissen, er macht benommen. Manchmal wird man überraschend so sehr in etwas hineingezogen, dass einem der Atem stockt. Man ist gar nicht in der Lage, alles von den tausend Aktivitäten mitzubekommen, die die Tante mittlerweile fast wie in einem Rausch und doch auf ihre Art geschickt entfaltet. Weil sie ständig Kontakt hat mit Kindern und ihren Familien, immer neue und andere Probleme zu lösen hat, muss sie vieles gleichzeitig erledigen. „Multitasking" drückt sehr gut aus, wie chaotisch und vielfältig die Aufgaben sind, die Caterina Tag für Tag erledigt. Nicht alle können sich im Vorfeld auf diese Art Arbeit einstellen. In diesen vielfältigen Tätigkeiten ist Caterina mit Zia Caterina verschmolzen. Am Steuer ihres Taxis fällt alle Gewöhnlichkeit von ihr ab. Was wir als Lärm und Umtriebigkeit wahrnehmen, singt für sie die Melodie des Lebens. Diese Melodie gibt ihr Energie, nährt sie so lange, bis sie endlich satt ist. Der Widerhall verblichener Welten, von Begegnung, Liebe, Suchen und doch wieder Verlieren und all das schwingt bei Caterina weiter – ja all das … wie kleine bunte Teilchen, aus denen sich das unendliche und komplexe Puzzle ihres Lebens zusammensetzt. Mit Macht soll es etwas vertreiben, das Caterina vielleicht als Einziges nicht vertreiben kann, ihre Einsamkeit.

KAPITEL 12

Die Einsamkeit

Sie lächelt. Immer. Aus dem Rückspiegel heraus lächelt sie Menschen am Straßenrand zu. Und ja: Sie lächelt auf tausenden von Fotos mit tausenden von Menschen, die sich zusammen mit ihr fotografieren lassen wollten. Doch in ihrem Herzen lauert ständig die Einsamkeit. Obwohl sie hunderte von Personen kennt, befällt Caterina oft das Gefühl, einsam zu sein. Es legt sich nicht. Ihre träumerische Art, die bunten Farben ihrer Kleider, sogar ihr lautes Lachen täuschen. Wenn man sie näher kennenlernt, gehen einem die Augen auf – man spürt, dass sie seelisch manchmal vor Einsamkeit fast vergeht. Bisweilen fühlt sich Caterina fehl am Platz. Obwohl viele Menschen in ihrer gemeinnützigen Organisation mitarbeiten, weiß sie manchmal nicht, wen sie wirklich anrufen kann, wenn sie einmal jemanden für sich selbst braucht. Seltsam, dass eine so dynamische und bei vielen präsente Frau sich dermaßen einsam fühlen kann. Und doch ist es so. Sie ist diesem Gefühl hilflos ausgeliefert. Die Verletzlichkeit, die sie in diesen Augenblicken verspürt, vertraut sie gläubig Gott an.

Caterina wünscht sich so sehr, dass ihr gemeinnütziges Unternehmen so etwas wie ihre Familie ist. Sie sehnt sich danach, dass die Freiwilligen, die hier mithelfen, ja alle, ihr wirklich nahestehen, aber manchmal geschieht das nicht. Jeder lebt natürlich das eigene Leben und kann einfach nicht immer dann da sein, wenn es nötig oder angebracht ist. Das führt dazu, dass Caterina sich einsam fühlt. In schwierigen Augenblicken fühlt sie sich ausgelaugt, erschöpft, kraftlos. Was sie darüber erzählt, verstehe ich gut: Sie weiß, dass die Menschen sie als eine immer und überall energisch handelnde Person sehen. Dieses Bild verhindert, dass auch die Müdigkeit und Erschöpfung wahrgenommen werden, die ihr rast- und ruheloses Leben mit sich bringt. Doch Caterina möchte auch in ihrer menschlichen Schwäche gesehen werden. Manchmal hat sie das Gefühl gerade dann, wenn sie sehr erschöpft ist, für alle, sogar für ihre Familie unsichtbar zu sein. Sie beklagt, allgemein sei man der Meinung, ein Freiwilligendienst könne auch zeitweise geleistet werden. Und behauptet: „In unserer Gesellschaft gibt es einen wachsenden Trend hin zum Individualismus. Alle sagen, dass sie da sein und dich unterstützen werden – allerdings nur dann, wenn es ihre Zeit erlaubt, so als sei der freiwillige Einsatz ein Zeitvertreib, wenn man mal ein paar Stunden Zeit hat, in denen nichts anderes geplant ist."

Dann erzählte sie mir, was sie einige Tage zuvor erlebt hatte. Sie musste in der Nachtschicht zu vorgerückter Stunde mit dem Taxi wenig vertrauenswürdige Kunden an einen Ort in der Nähe von Florenz bringen. Dabei habe sie große Angst bekommen, es könne ihr etwas passieren. „Ich habe heimlich angefangen zu weinen", sagte sie immer noch sichtlich geschockt. „Ich spürte, wie mir die Tränen über das Gesicht liefen. Da habe ich gemerkt, dass ich in dieser Situation keinen meiner Bekannten zu Hilfe rufen konnte. Ich habe mich so sehr allein gefühlt. In diesen Augenblicken spüre ich, dass ich wirklich allein bin, trotz der Menschen, die in meiner Nähe sind, denn ich habe gemerkt, dass niemand mir wirklich hätte helfen können." Und sie fuhr fort: „Deshalb vertraue ich auf Gott. Hier auf der Erde ist in manchen Augenblicken wirklich niemand da, der mich beschützen könnte. Mein Schutz kann nur vom Himmel kommen."

Dieser Charakterzug Caterinas bleibt den meisten Menschen verborgen. Weiter sagte sie: „Schau mal, tatsächlich fühlen wir alle uns einsam. Und dieses Gefühl führt dazu, dass die Menschen ihr Herz verschließen, dass sie wie Igel werden. Wenn man in diesen Augenblicken für andere unsichtbar wird, so führt das zu gefährlichen Mechanismen. Wut kocht hoch. In diesen Jahren habe ich versucht, der Tatsache, dass wir spontan dichtmachen, etwas entgegenzusetzen. Ich vertraue auf Gott. Dabei habe ich gelernt, auf andere zuzugehen, mich meinen Nächsten auch in diesen besonders schwierigen Augenblicken zu öffnen. Ich verjage die Wut. Stattdessen vergebe ich vor allem den Menschen, die nicht verstehen, dass meine Einsamkeit mich antreibt, mich selbst zu verbessern, einen Gang runterzuschalten und wieder loszufahren. Ich ergebe mich nicht, sondern gehe lächelnd weiter auf die anderen zu. Es gibt Situationen, in denen ich vielleicht auf die Probe gestellt werde, damit ich ein besserer Mensch werden kann", erklärt sie. Hier spricht sie über ihren Glauben, der jetzt zu ihren kostbarsten Gepäckstücken zählt.

Caterina lernt aus Erfahrungen, die sie auf eine harte Probe stellen. Beim Arbeiten an sich selbst lernte sie, auch durch Erfahrungen, aus denen sie enttäuscht und verbittert hervorging, noch etwas Positives zu entdecken. Ihre Entwicklung ist nicht abgeschlossen. Zu verzeihen, so sagt sie oft, helfe ihr, selbst Augenblicke der trostlosesten Einsamkeit durchzustehen. Auch in diesen gelingt es ihr, immer wieder auch einen Lichtblick zu sehen und so ein wenig leuchtenden Himmel auf dieser manchmal doch zu dunklen Welt ankommen zu lassen.

KAPITEL 13

Hinter die Dinge sehen und der „Taler" der Super-Heldinnen und -Helden

Kurz nach dem Tag in Coverciano begann Giovanni, der Krieger aus Apulien, eine Fund-Raising-Kampagne für die weitere Behandlung seiner Krankheit zu promoten. Es ist teuer, fern von zu Hause einen Kampf zu führen, den Alltag zu verlassen, ins „Zwischen-Land" zu gehen. Das Rüstzeug für die Verteidigung der Festung kostet sehr viel – in jeder Hinsicht. Giovanni fordert die Krankheit heraus. Es sollen weiße T-Shirts verkauft werden, mit einem aufgedruckten Satz. Giovanni hat ihn selbst geprägt: „Mach die Augen auf! Schau weiter als unsere Ängste! Das reicht. Schon siehst du, wie viel Schönes das Leben dir gibt."

Dieser Satz in Verbindung mit einigen Äußerungen über Caterina macht nachdenklich. Manche Leute reden ihr Werk klein, sagen, es bestehe nur darin, dass sie so bizarre Kleider trägt. Giovannis Satz trifft ins Schwarze. Es würde reichen, die Augen genau dieser Menschen zu öffnen. Meist bleibt deren Blick genau an dem Punkt hängen, über den hinaus die meisten gewöhnlich denkenden Menschen nicht blicken können. Sie fürchten sich einfach. Deshalb entgehen ihnen viele Gelegenheiten, das Glück zu finden. Mit den auf die T-Shirts gedruckten Worten hat Giovanni diese Einstellung ins Visier genommen. Man verzichtet auf einen Traum, darauf, den Kampf zu kämpfen, man verzichtet auf Freiheit, darauf, zu sprechen, sogar darauf, denjenigen zuzuhören, die wichtige und tief berührende Dinge sagen. Manchmal verzichtet man aus einem nichtigen Grund, zum Beispiel weil einem die Farbe eines Kleides zu auffällig erscheint, darauf, mit dem Menschen zu sprechen, der so angezogen ist. Wieder einmal stehen Vorurteile im Vordergrund.

Giovanni, Edy, Livia, Chicco, Sole und alle anderen Super-Heldinnen und -Helden sowie ihre Eltern wissen gut, dass sich ein gerechtes Urteil nicht auf einen Rock mit bunten Tupfen und einen schwingenden Umhang stützen darf. Caterina muss ihr Ding machen und Ende der Diskussion. Nicht mal diese Worte, die mir hier aus der Feder auf das Papier rinnen, werden dazu dienen, dass Menschen das besser einsehen. Denn in Wirklichkeit geht es hier nicht um Einsicht, sondern um Mitgefühl. Dazu muss man freilich gut zuhören. In diesem Leben, das so rasch vorbeigeht, vergessen wir das nur zu oft. Dabei bemerken wir leider die Menschen nicht, von denen wir viel lernen könnten. Wir sollten einfach anfangen, alle festen Überzeugungen, das auf Angst beruhende Korsett starrer Positionen und alles, was wir nur vom „Hörensagen" wissen, auf null zurückzuschrauben. Diese Positionen sind die berühmten „Stützpfeiler", die man nicht verrücken möchte, weil auch nur eine winzige Verschiebung alles aus dem Gleichgewicht bringen könnte. Man erfindet ein Handlungskonzept, absolut angepasst an gesellschaftliche Regeln. Von ihm darf man sich nicht entfernen. Sonst gilt man als „oberflächlich". Wer sich an Regeln hält, hat seine Ruhe. Das gilt auch für die „Wohltätigkeit", das Gute tun. Ein aus zwei Wörtern zusammengesetztes Substantiv. Damit glaubt man, eine ganze Reise ins „Zwischen-Land" einfangen zu können. Für die Menschen, die das ängstlich - mit Sicherheitsabstand - verfolgen, sollte so eine Reise nach einem bestimmten Plan und ganz diskret ablaufen. Richtig, auch das ist ein Weg, aber nicht der einzige.

Man kann aber auch Spaß haben auf einer Reise, dabei lachen, alles durch eine bunte Brille sehen, in eine flüchtige Farbe getaucht, zum Beispiel Rosarot statt Grau. Auch bei diesem planlosen Vorgehen, bei dem alles anders als gewohnt vor sich geht, kann man manchmal seine Tränen nicht mehr unterdrücken. Sie schießen einem in die Augen, rinnen über die Wangen. Es gibt aber auch Augenblicke, in denen das Lächeln und die Freude schier unüberwindbare Grenzen überwinden. Warum also wird diese so ungewöhnliche, anders geartete und getaktete Wohltätigkeit so negativ bewertet? Wie schafft man es, all dies nicht zu sehen? Wie kann es nur gelingen, Menschen nahezulegen, ihren Blick einmal über das Offensichtliche hinausgehen zu lassen, sich einen siebten Sinn zuzulegen, der über die schiere Reichweite der Augen hinausgeht? Nur wer mit Caterina im Taxi unterwegs ist, spürt dies alles. Wer aber am Straßenrand stehenbleibt und nicht wirklich in Caterinas buntes Taxi einsteigt, wird vielleicht niemals verstehen, worum es geht. Solche innerlich verhärteten, von Vorurteilen beherrschten Menschen können unter der Last ihrer Einstellungen nur noch den Blick senken und auf die Spitzen der eigenen Schuhe schauen. Vor einem beschränkten Horizont kann man sich innerlich nur sehr schwer entfalten.

Eines Tages erzählte Caterina in ihrem Taxi von einem ganz besonderen Erlebnis. Während sie redete, begann sie in dem Haufen kleiner, auf dem Beifahrersitz angehäufter Dinge zu wühlen. Für mich sieht das aus wie Unordnung, für Caterina hat dieses Chaos eine eigene Ordnung. Ihre flinken Finger mit den rosa lackierten Nägeln finden dort alles wieder. Schon streckt sie mir eine Art kleiner Tasche entgegen. Ich höre das Klingeln von Münzen, aber es sind keine gewöhnlichen Geldstücke. Caterina öffnet den Verschluss, hält mir blitzartig ein schöne silberne Münze hin. Auf ihr lese ich den Satz: „Amor omnia vincit" – „Die Liebe besiegt alles". Hinter diesem Satz ist das Taxi von Zia Caterina abgebildet zusammen mit einem seltsamen, pinguinähnlichen Tier. Auf der anderen Seite der Medaille steht die Zahl 1 und um sie herum die Inschrift „Lo scrocco dei super eroi Taxi Milano25" – „Der Taler der Super-Helden von Taxi Milano25".

Dann erzählt Caterina, was sie vor einiger Zeit erlebt hatte. Wieder klingt das wie ein kleines Märchen. Man sollte nicht meinen, dass so etwas in unserer gedankenlosen Welt passieren kann. „Ich erzähle dir jetzt die Geschichte von diesem Geldstück", sagt sie, lächelt, rückt sich den Rückspiegel so zurecht, dass sie mich darin sehen kann, und macht dann mit dem Handy ein Foto von uns beiden. „Eines Tages, als ich gerade meiner normalen Arbeit als Taxifahrerin nachging, rief mich eine Dame an. Ich sollte sie am Bahnhof abholen. Sie hatte einen riesigen Koffer. So bin ich ausgestiegen um ihr zu helfen, den Koffer in den Kofferraum zu heben. Sie wirkte auf mich ängstlich, bedrückt. Ihr Blick wanderte herum, fast als habe sie die Orientierung verloren. Dann stieg sie ein, ließ aber weiter die Augen wandern und kramte mit ihren Händen in ihren Manteltaschen. Da habe ich sie irgendwann gefragt: ‚Signora, haben Sie etwas verloren?' Sie suchte im Rückspiegel meinen Blick. Sie hatte ein liebes Gesicht. Sie schwieg, ungefähr eine Minute lang. Dann sagte sie zu mir: ‚Wir haben alle etwas verloren. Und Sie, meine Liebe, was haben Sie verloren?'" Caterina ist immer noch gerührt, wenn sie an diese Szene zurückdenkt. Das spüre ich. Gerührt und dankbar gegenüber einer unbekannten Frau, die, ohne dass Caterina irgendetwas gesagt hätte, innerhalb kürzester Zeit merkte, welch großer Schmerz auf ihr lastete. „Also habe ich mich ihr gegenüber geöffnet und begonnen ihr von mir zu erzählen, meine Geschichte, was mit Stefano passiert ist, von seinem Erbe, einfach von allem." Ein Märchen. Es hält die Hoffnung am Leben, dass es weiterhin mitfühlende Menschen gibt. „Meist höre ich anderen zu. Auf dieser Fahrt ist das Gegenteil passiert: Ich habe von mir erzählt. Am Ende hat diese Frau ein Geldstück herausgeholt und zu mir gesagt: ‚Ihre Geschichte hat mich tief berührt. Deswegen schenke ich Ihnen jetzt diese Münze. Sie war immer mein Glücksbringer. Ich hoffe, dass die Münze Ihnen hilft.' Natürlich musste diese Dame nichts für die Fahrt bezahlen, denn sie hatte mir sehr viel mehr gegeben als die paar Euro, die der Transport gekostet hätte."

Von da an wurde die Münze für Caterina zum „Taler" ihrer Super-Heldinnen und -Helden. Sie ließ mehrere Dutzend davon herstellen und verschenkt sie an alle, die ihr ein gutes Gefühl schenken. Einen Taler für jedes gute Gefühl. So zeigt Caterina, dass nicht nur Krankheit, sondern auch Liebe ansteckend sein kann. Von ihr sollen wir uns anrühren lassen. Das bedeutet, hinter die Dinge zu schauen. In der Zeit mit Zia Caterina, die diese Idee verbreitet, habe ich das sehr oft erlebt. Zum Beispiel an einem Abend in Tavernelle. Dort hatte Pamela, die Mutter einer Super-Heldin, eine Benefizveranstaltung organisiert, um Zia Caterina mit ihrer sonderbaren Idee von Solidarität zu unterstützen. Für die Tante besteht Solidarität darin, aus den Wohnungen herauszukommen und die Türen zu öffnen. Pamela ist überzeugt, dass man Liebe, die einem gegeben wurde, auch anderen weiterschenken kann. Während der Krankheit ihrer Tochter Camilla hatte sie sehr viel von Zia Caterina bekommen.

Caterina stand ihr immer zur Seite. Ja, genau, angesteckt vom Gefühl der Liebe …

An diesem Tag drängen sich die Kinder auf dem Marktplatz um die Tante. Sie verteilt, verschenkt Ausmalbüchlein. Von weißen Seiten lächeln Symbolbilder der Super-Heldinnen und Super-Helden die Kinder an, als wollten sie sagen: „Mal mich doch einfach aus!" Hinter ihr steht das orangerote Taxi. Auf ihm zeigt ein Bild Giovanni, den Super-Helden mit seinem Bein aus Metall. Er streckt sich schwungvoll dem blauen Himmel entgegen. Ich sehe, dass Zia Caterina müde ist, aber sie gibt nicht auf, lacht schallend, lächelt weiter den Kindern zu, die sich noch stärker um sie herumdrängen. Sie wollen Caterina berühren – um später, vielleicht auch morgen in der Schule, den anderen Kindern erzählen zu können, sie hätten eine Fee berührt.

Ein Kind drängt sich vor, möchte unbedingt ins Taxi steigen, stellt Fragen über dieses bunte Auto, möchte so gerne wissen, was das ist. Da schaut mich die Multitasking-Caterina mit großen Augen an. In diesem Augenblick trägt sie keine Brille. Ich sehe, wie ihre Pupillen immer größer, ja riesig werden. Das Kind fragt ständig weiter „Was ist das jetzt nun für ein Auto? Kann ich einsteigen?" Da sagt Caterina fast verärgert zu mir: „Ich bin ja nicht ihre Mama. Wie stelle ich es an, ihnen zu erklären, was das für ein Taxi ist und dass sie nicht alle auf einmal einfach einsteigen können, nur immer ein paar von ihnen?! Versuch doch einfach mal du, es ihnen zu erklären." So schiebt sie mir unversehens den Schwarzen Peter zu. Da hat sie mich tatsächlich kalt erwischt. Ich stottere so etwas wie: „Dies ist ein Zaubertaxi". Caterina schaut mich kaum an, verteilt mitten im Chaos um sie herum weiter die Malbücher mit den Symbolbildern ihrer Super-Heldinnen und -Helden. Dann fällt ihr ein, dass ich ja auch noch da bin. „Genau, das ist ein Zaubertaxi. Aber wie kann man den Kindern erklären, dass nur Menschen, die einen Traum, einen Wunsch haben, nur jemand, der nicht voller Vorurteile und Konventionen ist, hier einsteigen darf?" Im Moment verstehe ich das nicht, schaue ihr in die Augen. Ich möchte gerne rauskriegen, ob sie nur ein bisschen genervt ist oder ob es ihr leidtut, nicht zu wissen, wie man Kindern das Taxi erklären kann. Die Kinder können noch nicht verstehen, dass man im Leben einen Traum verwirklichen muss, wie sie es getan hat – und dass dann, und nur dann, wenn man einen Traum verwirklicht, das Taxi zu einer ganz besonderen Maschine wird, die anfängt zu fliegen. Ich frage also die Kinder, ob sie Wünsche haben, aber sie verstummen. Caterina entgegnet: „Siehst du, wenn ihnen schon ihre Mütter nicht helfen, ihren Träumen zu folgen, wie kann uns das dann gelingen?" Sie schaut mich an und ich sehe von neuem, wie entmutigt sie plötzlich ist angesichts einer Generation, der man scheinbar das Schönste von allem weggenommen hat: die Fähigkeit zu träumen. Und ich spüre, wie schwer auf ihr die ungeheure Verantwortung lastet, das zu tun, wozu sie berufen ist.

Ich gehe zum Taxi, steige ein. Setze mich auf den Rücksitz und – ohne es zu wollen, zerdrücke ich mit meiner Hand ein armes kleines Schweinchen. Das fängt sofort an zu grunzen. Ich hatte es wirklich nicht gesehen und entschuldige mich. Hier drinnen sehen die Augen klarer, wie als hebe sich ein Nebel, man beginnt mit dem Herzen zu hören. Ja, Caterina hat Recht: Nur wenn wir unsere Vorurteile beiseitelassen und uns selbst hineingeben, können wir unsere tiefsten Bedürfnisse erspüren. Den eigenen Traum erhören, einer Leidenschaft nachgehen ist nichts Banales. Nein. Genau das macht glücklich. Man erfährt Selbstwirksamkeit und kann stolz auf sich sein.

KAPITEL 14

Das Konzert

Einladungen der Tante zu einem Event darf man nicht ausschlagen. Jeder Augenblick mit ihr zusammen bereichert einen so ungeheuerlich. Als sie mir vom Konzert des bekannten Sängers und Poeten Simone Christicchi in Pieve di Romena erzählte, habe ich keine Sekunde gezögert. Der 24. August ist für sie ein wichtiges Datum. Es ist der Todestag von Stefano. Vor 18 Jahren ist er gestorben. Die einzelnen Momente dieses Tages und alle damit verbundenen Gefühle sind, verschlossen in einem geheimen Schrein, tief in ihrer Seele verborgen. Den Inhalt zeigt sie niemandem, er ist nicht herzeigbar – sie kann auch nicht davon erzählen –, auch aus Respekt vor jenem Schmerz, der sich zwar heute in bunten Kleidern äußert, der aber ihre ureigene Angelegenheit bleibt. Gerne teile ich mit ihr ein kleines Stück Erinnerung an jenen Tag. Als ihr Mann damals die Augen für immer schloss, vermachte er ihr zugleich die Mittel, mit deren Hilfe sie selbst das in ihr ruhende Talent zur Welt bringen konnte. 18 Jahre voller Reisen, 18 Jahre voller Fragen, auf die die Tante bis jetzt noch keine schlüssige Antwort gefunden hat, vielleicht nie finden wird.

Der Abend von diesem Konzert war ganz besonders. Wegen des stürmischen und regnerischen Wetters konnte das Konzert nicht auf der wunderschönen Wiese vor der Kulisse der romanischen Kirche von Romena stattfinden. Auch der Himmel weinte. Vielleicht hat auch er sich gehen lassen, hat die Tränen der Tante mitgeweint. Im Wirrwarr ihrer Gefühle vermischt sich die Gegenwart mit den Bildern der Vergangenheit. Für immer sind sie in ihrem Herzen verankert. Denn die Liebe kann nicht vergessen werden. Simone Cristicchis Auftritt war wunderbar. Ungefähr tausend Menschen waren aus allen Teilen Italiens angereist, um seine Poesie und Musik anzuhören.

Wegen des schlechten Wetters muss das Konzert in einem Saal stattfinden, in den nicht alle hineinpassen. Cristicchi will die vielen Menschen nicht enttäuschen. Also gibt er kurzentschlossen zwei Konzerte hintereinander. So können alle ihm zuhören. Was für eine zauberhafte Atmosphäre! Die Musik hallt auf dem Hügel wider, auf dem die herrliche romanische Kirche steht. Wer in sie eintritt, fühlt sich angerührt, vor allem am Tag, wenn eine leise Hintergrundmusik die Besuchenden einhüllt. Da ist kein Lärm mehr, kein Geschrei, keine Handys. Auch keine innere Unruhe, hervorgerufen durch Anspannung, Ängste und Sorgen. Hier in dieser Kirche klingt alles nach Frieden. Auf dem Boden waren kleine Teppiche ausgebreitet. Auf ihnen lagen Menschen, die an die Decke schauten. Niemand vertrieb sie. Dieser Ansatz, diese offene Kirche gefiel mir. Schön fand ich auch, dass die Kirche an jenem Tag auch diese Art von „Pilger" aufgenommen hat und dass sie es ermöglicht hat, dass die Menschen sogar in ihrem Inneren schlafen konnten, unter jenen Rundbögen, die von der Liebe erzählen.

Der Besuch in Romena war so, als habe ich noch einmal auf Zehenspitzen die Seele der Tante betreten. Ich verstehe, warum auch diese Kirche für sie ein Ort ist, an dem sie meditieren kann – und auch, warum sie mich an diesem ganz besonderen Tag zu sich gerufen hat. Sie wollte, dass ich bei Gelegenheiten, die mich ihr Innerstes besser verstehen lassen können, an ihrer Seite bin. Die Musik und die Lieder von Simone Cristicchi rühren an. Caterina betritt beim zweiten Konzert die Kirche. Ich sehe, wie sie sich in die zweite Reihe setzt. Ihr Hut ist deutlich zu sehen. Die Blumen tanzen im Rhythmus der Musik. Am Ende des Konzertes jubelnder Applaus, Begeisterung, Gänsehautgefühl. Caterina klatscht nicht, sie macht etwas anderes, das weiter und tiefer geht. Sanft hebt sie die Arme und kreist mit den Handgelenken. Die kleinen Schellen ihrer Armbänder fangen an zu klingen. Ihr Klang ist heller als der Applaus, der zur Bühne hinüberschallt. Dieses Verhalten berührt mich. Wie anders und doch mitreißend sie ist! Ich spüre, wie bewegt sie selber ist. Mit dem Klingeln der Glöckchen an ihren Armbändern grüßt sie auf ihre ganz persönliche Weise den Mann, der ihr ein neues Leben geschenkt hat.

„Ich werde aus dem Tod geboren." Jetzt ist da die neue Caterina. Sie ist innerlich mit Stefano verbunden. Sicher stand er während des gesamten Konzerts neben ihr, hat fast sogar ihre Haut berührt. Dessen bin ich mir sicher. Cristicchi singt wieder. Der Himmel draußen hat beschlossen, wieder ruhig zu werden. Jetzt bekomme ich sogar feuchte Augen. Wir alle im Saal spüren uns untereinander so stark verbunden, als seien wir Teile eines Ganzen. Wenn wir dann in unsere Wohnungen und Häuser zurückkehren, wird uns ein bisschen von diesem Zauber, von diesem Stück Himmel, den wir kurz berühren durften, folgen.

KAPITEL 15

Die Niederlagen

Manchmal verdunkelt sich Caterinas Blick, sie lächelt nicht mehr, ihre Mundwinkel sinken nach unten. Das geschieht immer dann, wenn sie zu viele Niederlagen erlebt. Ja, in Caterinas Leben gibt es auch Niederlagen. Obwohl ihr viele Menschen Komplimente machen, Dankbarkeit bezeugen, man sie immer wieder holt, zu ihr kommt, sie schätzt, ja fast einen Wettlauf veranstaltet, nur um ihr zu begegnen, erlebt Caterina Niederlagen, so wie wir ja auch. Einige empfand sie als besonders hart, konnte sie nur schwer akzeptieren. Sie leidet darunter, wie jeder andere Mensch auch. Doch weiß sie sich auch auf dem rechten Weg, hält an ihren Überzeugungen fest, bleibt ihrer Berufung treu. Manchmal hat man ihr buchstäblich die Tür vor der Nase zugeschlagen. Das lag nicht daran, dass sie Menschen gegenüber arrogant gewesen wäre. Sie nähert sich stets sehr vorsichtig dem Leben der Menschen, ja die Familien selbst bitten sie herein. Und doch kommt es vor, dass Familien, die Caterina von Anfang an begleitet und in allen Phasen der Krankheit unterstützt hat, plötzlich, wenn der Tod unmittelbar bevorsteht, seine Nähe bereits in den Räumen der Wohnung zu spüren ist, entscheiden, Caterina außen vor zu lassen und lieber alleine und abgeschottet von allem das Sterben miterleben möchten.

Darunter leidet sie sichtlich, somatisiert so stark, dass sogar ihre Stimme kaum noch zu hören ist. Stundenlang kann sie nicht sprechen, so als ob ihr Körper selbst sich weigerte, andere Worte zu sprechen, Worte, die nicht gehört werden und die sich verlassen und verloren vorkommen. Die Tante spricht. Es ist nicht einfach, diese ihre so tiefinnige wie komplexe Idee zu verstehen. Ihr Einsatz beruht auf der Berufung dazu, gemeinsam mit einer Super-Heldin oder einem Super-Helden und der betreffenden Familie einen Weg zu gehen. Dieser bringt Menschen dazu, den Tod anders wahrzunehmen, als wir es aufgrund der Tradition gewohnt sind. Caterina möchte, dass die Menschen verstehen, dass man den Tod auch empfangen kann. Das geht, wenn man sich festmacht in der Liebe und im Glauben. Sie spricht hier von Glauben, ohne genauer zu definieren, worin dieser besteht. Caterina erklärt mir Folgendes:

„Jeder kann seinen eigenen Glauben haben. Du kannst sein Ziel ‚Gott', ‚Energie', ‚Universum' nennen – aber es ist immer ein Ausdruck von Liebe. Wenn du nicht lernst, deinen letzten Augenblick in Liebe anzunehmen, dann bleibt in dir nur Wut, Ressentiment und Groll. Es wird dir schlecht gehen, wenn der Tod kommt." Da ist ein Unterschied zwischen den beiden Arten zu sterben, zwischen einem Sterben im Frieden mit dir selbst und einem Sterben in Wut. Diese Wut hat keinen Sinn. Sie kann doch nicht verhindern, dass das Unausweichliche geschieht. Für viele sind das Begriffe. Für sie ist das ein Ausdruck von Leben. „Inzwischen bin ich so viele Male gestorben. Ich habe gelernt, diesem Augenblick gegenüberzutreten."

„*Morta tante volte ...*" – *So viele Male gestorben ...*". Ja, tatsächlich musste sie sich so oft von Kindern und Jugendlichen verabschieden, die den Kampf mutig bis zum Ende gekämpft haben. Jemand wie Luca zum Beispiel. Auch wenn er gegangen ist, in den Himmel hineingeboren wurde, so hat er doch gewonnen. Mutig legte er einen Weg zurück, an dessen Ende er sich in Liebe vom Leben verabschiedete. Caterina sagt: „Wenn das nicht in dieser Weise geschieht, dann fühle ich mich besiegt. Denn das heißt, dass die Reise, die wir zusammen gemacht haben, nichts genützt hat. Die Leute hatten höchstens materielle Vorteile, aber ich habe sie innerlich nicht erreicht."

Caterina leidet, wenn sie merkt, dass die letzten Augenblicke nur voller Zorn gelebt werden, wenn man versucht den sterbenden Menschen festzuhalten und ihn nicht gehen lassen will, wenn sie in all dem das Samenkorn der Liebe nicht wahrnehmen kann. In diesen Augenblicken fühlt sie sich schuldig, weil es ihr nicht gelungen ist, ihren Auftrag vollkommen zu erfüllen. Ihre Gedanken erinnern an ein Buch von Tiziano Terzani, „*La fine è il mio inizio*" – *Das Ende ist mein Anfang*". In ihm spricht der berühmte italienische Journalist selbst über die Monate, die ihm noch zu leben bleiben. Ganz gelassen, reif und in innerem Frieden begegnete er dem Tod. Da gibt es sehr viele Berührungspunkte zwischen Terzani und dem, was Caterina während der Reise tut, auf die sie sich mit ihren Super-Heldinnen und -Helden und deren Familien begibt.

Das Verhalten mancher Familien entzieht sich jedem Urteil. Auch Caterina urteilt nicht, sondern fährt einfach fort, bedenkenlos zu lieben. Sie versteht, wenn jemand sie nicht dabeihaben will, aber sie billigt das nicht. Sie ist davon überzeugt, dass der Tod unseren Blick über die materielle Welt, in der wir leben, hinauslenkt. Diese Idee gefällt sicher vielen nicht. Gerade im Augenblick des Abschieds von diesem Leben ist da ein Missklang. Wenn wir es schaffen wollen, den Menschen, den wir am liebsten weiter in die Arme schließen wollen, gehen zu lassen, müssen wir glauben und spüren, dass wir ihn dem Göttlichen anvertrauen können. Man braucht dafür einen bedingungslosen Glauben. Das ist nicht leicht, überhaupt nicht leicht. Solange da noch ein Fünkchen Hoffnung ist, sieht man kleine Fortschritte, spürt, dass der Mensch noch lebt. Wenn es aber definitiv keine Hoffnung mehr geben kann, wenn der Körper keine Kraft mehr hat, völlig erschöpft ist, am Ende, dann verlässt vielleicht die Energie auch die Körper und Herzen derjenigen, die das sterbende Kind, den Mann oder die Frau lieben.

Wer offen bleibt, Ereignisse akzeptieren und darüber nachdenken kann, entwickelt sich weiter. Das ist ein spiritueller Weg. Wo es um Leben und Tod geht, weigern wir uns lieber, uns auf ihn zu begeben. Caterina versucht den Menschen das Rüstzeug für ihre persönliche Entwicklung zu vermitteln. Sie gibt dabei das weiter, was sie selbst bei den Todesfällen gelernt hat, die sie in ihrem Leben miterlebt hat. Der Rest des Weges bleibt dann jedem selbst überlassen.

KAPITEL 16

Der Singer-Songwriter Jovanotti

Zia Caterina ist sehr aufmerksam. Ihr entgeht nichts. Einwände gegen die Verwirklichung eines Traumes wehrt sie ab. Sie hat Lavinia und ihre Familie wiedergetroffen. Diesmal sind auch Lavinias Vater und ihr jüngerer Bruder, Luca, dabei. Unsere kleine Super-Heldin Lavinia träumt von Jovanotti. Seit einiger Zeit hat sie die Fee immer wieder getroffen. Sie weiß, wie großzügig Caterina ist. Lavinia schätzt das.

Caterina enttäuscht die Kinder nicht, auch dieses Mal. Sie hat Himmel und Erde in Bewegung gesetzt, dafür gesorgt, dass ihre Assistentin Edy ununterbrochen gearbeitet hat, damit Lavinias Traum in Erfüllung geht. Es war wirklich harte Arbeit. Einen Kontakt herzustellen zu jemandem, der so im öffentlichen Interesse steht wie Jovanotti, ist schwierig. Doch Edy weiß, wie wichtig es ist, Träume zu verwirklichen. Sie ist selbst durch das „Zwischen-Land" gegangen. Ein Teil ihres Herzens hängt immer noch in diesen Gefilden fest.

Ihr Mann, Fabrizio, war ein Super-Held. Er hatte Zia Caterina in Florenz kennengelernt und ihr angeboten, sie bei der Organisation von Events zu unterstützen. Kurz darauf stellte er fest, dass er krank war. Mehr als zwei Jahre lang stand Caterina Edy, Fabrizio und ihren Kindern zur Seite, bis schließlich Fabrizio, wie so viele andere auch, in den Himmel hineingeboren wurde. Im Campingbus namens „Kikkohome", den Caterina Fabrizios ganzer Familie zur Verfügung gestellt hatte, erinnert eine kleine Ikone an ihn. Der Mann, der bei der Organisation der Freiwilligenarbeit helfen wollte, ist weiter präsent durch ein Bild, das ihn lächelnd zeigt.

Edy tritt in Fabrizios Fußstapfen. Wann immer sie kann, hilft sie seit damals der Tante bei der Erfüllung ihrer Aufgaben: „Ich gebe anderen das zurück, was Zia Caterina unserer Familie geschenkt hat: Liebe" – so erklärt sie ihre Verbindung zu Caterina. Auch wenn Lavinias Wunsch diesmal ziemlich kompliziert ist, resigniert Edy nicht. Ihre Lebenserfahrung hat sie stärker gemacht. Es ist ihr gelungen, ein Treffen zwischen Jovanotti und der kleinen Super-Heldin zu arrangieren – aber nicht nur das.

Die Begegnung mit Jovanotti fand im Krankenhaus von Monte-varchi statt. Im Taxi auf der Fahrt dorthin hatte es Lavinia vor lauter Aufregung die Sprache verschlagen. Caterina war glücklich. Es hatte wirklich geklappt, den Traum der Kleinen Wirklichkeit werden zu lassen. Jovanotti weiß nicht, dass er eine wichtige Rolle im Leben von Lavinias Familie spielt. Antonella, ihre Mutter, hatte beim Aufwachen der Kleinen aus der Narkose nach der ersten Operation Jovanottis Lied *„Per te"* – *„Für dich"* gespielt. Sie hatte es gesungen, während Lavinia noch schlief. Beim Klang dieses Liedes öffnete dann das Kind wieder die Augen und schaute seine Mama an. In Montevarchi umarmte Jovanotti Lavinia fest. Dann stellte er ihr ganz viele Fragen. Er wollte alles wissen. Neugierig und freundlich zugleich fragte er nach Einzelheiten von Lavinias Geschichte – aber auch nach der von Zia Caterina. Bis dahin hatte er noch keine Gelegenheit gehabt, lange und ausführlich mit ihr zu sprechen. Dieser neugierige „Glücksjunge", der großzügig einfach mit den Leuten sprach, gefiel allen. Dieser Morgen war auch deshalb so berührend, weil das Geschenk für Lavinia dort im Krankenhaus von Montevarchi auch noch für eine andere, erwachsene Kranke eine große Überraschung war – für eine Freundin von Edy. Sie hat keinen Krebs, ist aber schon seit acht Jahren krank. Bereits seit drei Jahren muss sie gelähmt in diesem Krankenhaus im Bett liegen.

Solche Geschichten gibt es bei Caterina zu Dutzenden. Alle sind besonders und alle jeweils Einzelfälle. Sie müssen einfach erzählt werden. Denn durch sie drückt sich Caterina selbst aus.

Wer auf Äußerlichkeiten achtet, nimmt nur einen kleinen Bruchteil ihrer Persönlichkeit wahr, den, der nach außen sichtbar ist. Doch darunter liegt ein ganzes Universum. Es erschließt sich nur nach und nach. Wer das dann mitbekommt, staunt über die Großzügigkeit, die in jeder einzelnen ihrer Handlungen liegt. Ich glaube, Lorenzo Cherubini alias Jovanotti merkte erst am Ende dieses Treffens, welche verborgenen Fähigkeiten in Caterina schlummern. Er bot ihr an, in Zukunft alles zu besorgen, was sie nur braucht. Caterinas tiefe Menschlichkeit berührt alle, die in Ruhe mit ihr reden können. Dabei scheint die Zeit stehen zu bleiben. Die Menschen denken einen Augenblick lang nach. Dabei merken sie, dass es im Leben wichtige Werte gibt. Und dass man Gefahr läuft, dass einem genau diese Werte entgehen. Das von Caterina gewebte Netzwerk der Nächstenliebe dehnt sich weiter aus, von einem zum anderen, von einem Geschenk zum nächsten, so wie an diesem Morgen.

Während der Rückfahrt nach Florenz sind in Caterinas Herz neue Sorgen aufgetaucht. Sie haben mit ihrer Schwachstelle, der Angst vor Einsamkeit, zu tun. „Letztendlich", sagt sie, „ist jede Fahrt einmal zu Ende. Eine Wegstrecke fahren wir zusammen und ich verliebe mich. Ich verliebe mich in meine Kinder, verliebe mich in ihre Familien. Mit ihnen teile ich Freud und Leid, wichtige Augenblicke ihres Lebens. Mit ihnen folge ich der Spur der Träume, die sie verwirklichen wollen. Sie werden zu einem Teil meiner selbst. Irgendwann kehren sie wieder in ihren Alltag zurück, nehmen ihr gewohntes Leben wieder auf. Das ist völlig normal. Sie bleiben nicht im ‚Zwischen-Land', kehren zurück in ihr Leben, in ihr Zuhause. Ich aber bleibe hier und spüre, welche Leere sie zurücklassen. Jede Trennung tut mir weh. Ich weiß, dass es gut und gerecht ist, so wie es ist, aber es tut weh." Caterinas Einsamkeit und Verletzlichkeit gehören unweigerlich nur ihr allein. Sie hat Recht. Ihr Schmerz über einen endgültigen Abschied ist verständlich, vor allem dann, wenn auf der mehr oder weniger langen gemeinsamen Reise eine innere Verbindung gewachsen ist. Die hier erlebten Gefühle kann man einfach nicht vergessen.

Alle Erlebnisse, die Zia Caterina berührt haben, gehören zu einem inneren Schatz, zu einer Ausstattung, mit der sie weiterlebt. Auf diesen Schatz, diese Art Mitgift, verweisen die Dinge in ihrer Wohnung. Jedes einzelne hat eine genaue Bedeutung. Caterinas Worte lassen ihre Angst vor Einsamkeit durchscheinen. In ihrer Wohnung ist sie zwar von tausend verschiedenen Dingen umgeben, die jeweils an ein bestimmtes Gesicht oder ein Erlebnis erinnern, doch herrscht hier Schweigen. „Siehst du?", hatte sie mich am Morgen gefragt, als ich zu ihr nach Hause gekommen war. „Kaum habe ich mich vorbereitet und ein paar Sachen zurechtgelegt, muss ich hier raus, muss ich einfach auf das Leben zugehen." So hatte sie die Tür zugemacht, ohne den Schlüssel herumzudrehen. Sie hatte den tausend bunten Dingen, die in diesen Räumen sind, den Rücken zugekehrt. Jetzt am Abend ist sie zurückgekommen, die Taschen voller neuer Emotionen. Dafür wird sich schon auf einem Regal eine Stelle finden lassen, wo bisher noch nichts liegt.

KAPITEL 17

Bernardo

Wer Antworten sucht, bleibt nicht stehen. Wer traumatisierenden Ereignissen einen Sinn geben will, statt sie auf Distanz zu halten, weil sie wehtun, kann einfach nicht anhalten. Im Heiligen Land begann Caterina Antworten zu suchen. Seither ist sie nicht wieder stehen geblieben. Sie suchte diese Antworten bei der geistlichen Gemeinschaft in Pieve di Romena von Don Luigi Verdi, suchte sie bei Exerzitien, suchte sie im engen Austausch mit sensiblen, einfühlsamen Ordensleuten. Teilweise gelingt es Zia Caterina, ein asketisches, bedürfnisloses Leben zu führen, doch das fällt ihr nicht immer leicht. Dann vertieft sie sich in Schriften und Worte von Menschen, die sich bereits seit langem in Askese üben. Sie sucht Zuflucht in Weisheiten, die wenigstens teilweise die Unruhe besänftigen, die uns angesichts von Schicksalsschlägen befällt. Manches ist einfach zu ungeheuerlich, als dass wir es gefühlsmäßig verarbeiten können.

Über Caterina konnte ich Pater Bernardo Francesco Gianni, einen weiteren Revolutionär, kennenlernen. Er ist der Abt der Benediktinerabtei San Miniato al Monte mit ihrer wundervollen Kirche. Die Abtei liegt an einem idyllischen Berghang auf einer Anhöhe über Florenz. Langobarden haben hier die San Miniato gewidmete Kirche gebaut. Im Taxi sind wir auf den Platz vor der Abtei gefahren. Pater Bernardo hat Caterina dieses Vorrecht eingeräumt. Wie könnte es auch anders sein? Revolutionäre sind eine spezielle Art von Menschen. Instinktiv entsteht zwischen ihnen Solidarität. Schon von weitem erkennen sie einander, auch ohne Worte. So war das auch bei Caterina und Bernardo. Als Caterina zum ersten Mal wagte, mit ihrem auffälligen bunten Taxi direkt auf den Platz zu fahren, schaute Bernardo aus einem Fenster der Abtei. Er winkte der Zia zu: Ja natürlich sollte sie ihr Taxi genau dort lassen, gut sichtbar, mitten auf dem Platz, vor der tollen Kulisse von Florenz. Dieses buntbemalte Taxi, dessen wilde Farben einen Kontrast bilden zu den weiß-dunkelgrünen Einlegearbeiten aus Marmor an der Kirchenfassade. Es war eine Begegnung zwischen der modernen Welt und den strengen Formen der benediktinischen Regel. Tatsächlich war das kein Streitpunkt: Im Gegenteil, sie begannen miteinander zu reden, fanden Gemeinsamkeiten, konnten sich davon ausgehend gemeinsam auf einen neuen Weg machen. Beide wollen dem Nächsten helfen und das Gewissen der Menschen anrühren. Seit dem Tag, an dem sich Bernardo aus dem Fenster lehnte, um Caterina zu zeigen, wo sie ihr Taxi parken kann, hat Caterina freien Zugang zu dem Platz. Vielleicht wird Caterina mit ihren bunten Kleidern und dem Hut, der so gar nicht zu der fast himmlischen Eleganz der Kirche passt, in der man sich dem Himmel so nahe fühlt, auch hier schief angesehen. Doch Revolutionäre halten sich nicht mit Alltäglichem auf, sie suchen nach dem Wesen der Dinge. Darüber sind sich Caterina mit ihrem wehenden Umhang und Bernardo in seiner weißen Kutte einig. Auf die verwunderten Blicke achten sie genauso wenig wie auf die Leute, die sich an den schreienden Farben stören.

2012 sind sich Caterina und Bernardo zum ersten Mal begegnet – bei der Hochzeit einer bekannten Journalistin aus Florenz. Caterina fuhr die Braut zur Abtei San Miniato und Pater Bernardo hielt die Trauung. Eine kurze Begegnung. Damit sich Menschen sympathisch finden, braucht es keine großen Zeitfenster. Über eine Freundin, die regelmäßig in San Miniato zum Gottesdienst geht, konnte Caterina den Abt besser kennenlernen. Seit dieser Zeit ist Pater Bernardo ihr geistlicher Begleiter. Kann ein Abt des Benediktinerordens, mit der seit Jahrhunderten überlieferten Regel *„ora et labora"* – *„bete und arbeite"* – überhaupt ein Mensch sein, der keine Vorurteile hat? Ist das nicht ein Widerspruch? Doch Bernardo ist so. Er hat keine Vorurteile. Er ist vor allem ein Mensch, der sich, auch und gerade als ein Mann der Kirche, gerne mit anderen unterhält. Und er weiß genau, dass sich die Kirche nicht hinter einem Bollwerk verkriechen, Abstand zu den Menschen halten sollte. Vielmehr soll sie mitten unter das Volk gehen, um zu verstehen, wohin sich die Menschheit gerade bewegt. San Miniato al Monte erhebt sich über die wunderbare Stadt Florenz zu ihren Füßen. Das ist kein herrschaftliches Sich-Erheben, sondern ein freundliches, sanftes Wachen über die Menschen dort.

2019 lud Papst Franziskus Pater Bernardo ein, im Vatikan die alljährliche Exerzitienwoche für den Klerus zu halten. Möglicherweise hatten die Berater des Papstes im Vatikan von diesem Mönch gehört, der die Weltkonferenz der Religionen mit organisiert, oder auch von seinem vielfältigen Engagement, von Initiativen, welche die Kirche für den Nächsten öffnen – und dabei das Motto umsetzen wollen, das über dem Kirchenportal steht: *„Haec est porta coeli"* – *„Hier ist die Tür zum Himmel"* – Wie dem auch sei. Eines Tages rief Papst Franziskus höchstpersönlich bei Pater Bernardo an und dankte ihm für seine Bereitschaft, die Exerzitien zu halten. Dann erwartete er ihn in Rom und nahm selbst wie ein Schüler an den Besinnungstagen Pater Bernardos teil.

Die Menschen in Florenz lieben Pater Bernardo. Es ist ihm gelungen, die Kirche offener und dialogfähiger zu machen. Die Menschen brauchen Orte, an denen sie mit einem Lächeln empfangen werden. Das tut Pater Bernardo. Sein gewinnendes Lächeln ist eine Waffe. Es ist paradox, von einer Waffe in der Hand eines Abtes zu reden. Doch er weiß sie zu gebrauchen, ohne Menschen zu verletzen. Sein Lächeln entwaffnet. In Verbindung mit Bernardos ruhiger Stimme flößt seine Kraft den Menschen Respekt ein. Man fühlt sich von ihm aufgefangen. Seit der Einladung des Papstes, im Vatikan die Exerzitien für den Klerus zu leiten, hat Pater Bernardos Ansehen bei den Florentinern zugenommen. Sie sind stolz auf die Anerkennung, die ihr Abt auf diese Weise erfahren hat.

Eine Geschichte mag das noch verdeutlichen. Einige Jahre vor der Einladung des Papstes brachte eine Freiwillige eines Morgens einen krebskranken Jugendlichen nach San Miniato mit. Zu diesem Zeitpunkt gab die Krankheit gerade Ruhe, hinderte den Kleinen nicht, sein Skateboard mitzunehmen. Er hielt sein Lieblingsspielzeug fest in der Hand. Als sie nun in die Kirche hineingingen und der Jugendliche den großen Mittelgang vor sich sah, konnte er nicht widerstehen. Er musste einfach auf dem Skateboard eine wilde Runde drehen, so als sei der Teufel hinter ihm her. Überraschenderweise störte sich Pater Bernardo nicht an diesem ungehörigen Verhalten.

Er unterbrach nicht diese mutwillige Fahrt. Nein, der Abt lächelte über den Windstoß von Lebenslust, die da durch das Hauptportal der Kirche hineingeweht kam. Er erlaubte dem Jungen seine fröhlichen Schwünge über den Kirchenboden, damit das Glück dieses Augenblicks als Erinnerung im Herzen des Jungen verankert bleiben konnte. So lebte der Junge einen Traum, einen seiner letzten. Dann hörte er auf, mit zischenden Rädern über den Marmorboden zu gleiten.

Manchmal entsteht über eine einfache, instinktive, fast banale, vielleicht auch freche Geste plötzlich eine dauerhafte Beziehung: so wie hier die Begegnung zwischen dem Mönch und dem Jugendlichen, der so gerne Skateboard fährt. Als der Junge dann auf seinem Skateboard in den Himmel fuhr, um dort neu geboren zu werden, konnte Bernardo seine Tränen nicht zurückhalten. Sie sind ihm in die Augen gestiegen, herausgeronnen, leicht, wie der Fuß seines kleinen Freundes, mit dem er sich beim Skateboardfahren abgestoßen hat. Auch Chicco hatte der Abt sein Herz geöffnet. Zia Caterina erzählte mir, beide seien auf Chiccos Mini-Quad auf den Wegen des Friedhofs der Abtei herumgefahren. In den Augen einiger war das sicher ein unpassendes Verhalten für einen Mönch. Ich glaube aber, die Seelen der auf dem Friedhof beerdigten Mönche lächelten an diesem Tag dem Kind zu, das nur noch kurze Zeit zu leben hatte. Umso wichtiger war es, ihm noch einmal ein Lächeln zu entlocken. Diese kleinen Geschichten setzen sich im Herzen fest und bleiben dort für immer.

So eine Art Kirchenmann musste Caterina unweigerlich anziehen. Bernardo nahm die Fee ebenso an wie den kleinen Träumer und wie bisher alle anderen Menschen – so, wie er auch weiterhin alle, die in Not sind, annehmen wird. In ihren unendlichen Zweifeln hat Caterina, die aufbrausende, wilde Frau, gespürt, dass Bernardo, der Mann der Kirche, ihr würde helfen können, die wilden Knäuel von Gedanken und Fragen zu entwirren. Durch das, was sie „Dio-incidenze", „Gotteszufälle", nennt, sind Bernardo und andere ihr wichtige Menschen mit ihr verbunden. Auch dieses Wort fiel oft auf der Reise mit Caterina. Ein gewollter, gefügter Zufall ist ein Oxymoron. In Caterinas Leben gab es in den vergangenen Jahren ziemlich viele dieser „Gotteszufälle". Es wird sie sicher auch weiterhin geben. Alles ereignet sich jetzt in ihrem Leben so, dass es sie in ihrer Berufung stärkt und trägt. In seinem bekannten Roman „*Der Alchimist*" schrieb Paulo Coelho: „Wenn du etwas willst, verschwört sich das gesamte Universum, damit dies Wirklichkeit wird ..." Das Leben der Zia zeigt, wie wahr dieser Gedanke ist. Wer Zeit mit ihr verbringt, merkt, dass plötzlich genau das geschieht, was nötig ist, damit ein Traum in Erfüllung geht. Unerwartet trifft man einen bestimmten Menschen. Überraschend ergeben sich Gelegenheiten. Da ist eine Fülle von Ereignissen, die genau in diesem Augenblick weiterhelfen. Wie lässt sich all das erklären? Oft wurde ich Zeugin von solchen Ereignissen. Es war schön, mit anzusehen, wie Caterina damit umgeht. Plötzlich lacht sie schallend auf, verstellt die Stimme auf ihre ganz eigene Weise, ruft ihre Liebe zum Universum laut heraus. Dankbarkeit ist ein wichtiger Wert. Pater Bernardos Augen bleiben nicht an Caterinas exzentrischem Aussehen hängen. Er weiß, dass sie mit diesen Kleidern etwas sehr Tiefgehendem Form gibt. Der Umhang umhüllt ihren Schmerz, der Hut schützt sie in ihrer Zerbrechlichkeit. Angesichts der Unmöglichkeit, Antworten auf die brennendsten Fragen zu finden, halten sie die mit bunten Blumen bemalten Stiefel im Gleichgewicht.

Zuhören ist eine von Bernardos Aufgaben. Also empfängt er Caterina. Nicht nur mit Worten hat Caterina viel zu erzählen. Bis nach San Miniato ist die Nachricht gedrungen, wie intensiv sie Menschen hilft, sich gegen den „*raumgreifenden Eindringling*" zu wehren. Darauf sieht der Abt, alles andere ist ihm egal. Er ist ein sehr gebildeter Mann, aber seine Bildung ist kein angehäuftes Wissen, das er dann nicht verwendet. Sein Lebensweg lässt ihn heute die Dinge realistisch sehen. Als Mann des Glaubens stellt er sich in den Dienst an seinen Nächsten. Er vergräbt sich nicht in einem leeren Zimmer. Seine Predigten zeigen, welch tiefsinniger Mensch er ist. Als Caterina die Kirche betritt, hat die Messe schon begonnen. Unwillig reagieren viele auf das Zuspätkommen der Frau, die rechts und links den Menschen zulächelt. Aber sie achtet nicht auf die bösen Blicke. Sie beherrscht die Szene. Caterina mag es, ein wenig zu provozieren und so das verhärtete und strenge Gewissen von Leuten zu verwirren. Sie macht sogar ein Video von den Leuten, die die Messe mitfeiern. Manche sehen das vielleicht als Entweihung des heiligen Ortes an. Pater Bernardo spricht mit klarer Stimme, benutzt einfache Worte. Er ist nicht so salbungsvoll wie manche Kleriker. Er redet freundlich. Du hörst gerne den Worten zu, die da angeflogen kommen, sich an deine Seite setzen, damit du sie auch gut verstehst. Während der Fürbitten schwätzt die Tante ein wenig. Eine Dame hat sich neben sie gesetzt und fragt sie etwas. Caterina antwortet höflich. Natürlich drehen sich die Leute, die den bunt gekleideten Eindringling an diesem heiligen Ort nicht mögen, um und schauen streng. Caterina nimmt die genervten Blicke wahr. „Was hätte ich denn tun sollen?", sagt sie nach der Messe. „Ich konnte doch dieser Signora nicht einfach nicht antworten! Für sie war es wichtig, mit mir zu reden." Sobald jemand um Hilfe bittet, ist Caterina da, sogar in einer Kirche, selbst während einer Eucharistiefeier. Sie kann einfach die Antwort auf einen Hilferuf nicht auf später verschieben, sogar dann nicht, wenn es höflicher wäre, sich anders zu benehmen.

Pater Bernardo hat ein freundliches Gesicht. Man merkt, dass dieser Mann mitten im Leben steht. Deswegen versteht er sich so gut mit Caterina. Seine Ruhe bildet einen Kontrast zu den hektischen Bewegungen der Fee. Doch das ist kein Gegensatz, sondern nur ein Unterschied in den Verhaltensweisen. Dieser Mann mit der glänzenden Glatze, einer markanten Brille auf der Nase und zwei lebendigen, genau beobachtenden Augen, die nichts übersehen, zeigt selbst dann, wenn er es ernst meint, ein lächelndes Gesicht. Er hört zu, als Caterina mit einem Wortschwall, brausend wie das Meer bei Flut, in die Stille der Sakristei einfällt. Bernardo gerät nicht aus der Fassung und ärgert sich nicht. In seinem weißen Habit steht er gesammelt da. Das ist Respekt. Wenn er dann spricht, macht es

Caterina genauso: Sie hört ihm in derselben Haltung zu, nimmt aufmerksam jedes einzelne seiner Worte auf. Beide sind sie Revolutionäre und Provokateure, jeder auf seine Weise. Wer die Welt im Strahl von Licht, das aus ungewohnten Perspektiven einfällt, wahrnimmt und so einen größeren Sichtwinkel hat als gewöhnliche Menschen, provoziert. Bernardo entdeckte bei Caterina genau diese Fähigkeit. Deshalb unterstützte er auch in der Vergangenheit ihre Projekte. Nicht nur das. Beide verbindet auch ein gemeinsamer Weg.

2017 legte sie in San Miniato al Monte die Gelübde für den Dritten Orden der Benediktiner ab. Es war für sie wichtig, dieses Ziel zu erreichen. Nun ist sie stolz, im Dienst der Gemeinschaft zu stehen, die ihr so viel gegeben hat. So kann sie sich für den geistigen Reichtum erkenntlich zeigen, den sie hier empfängt.

Kurz bevor wir, die Tante, Vittoria und andere Mitglieder des Vereins Taxi Milano25, lärmend in die Sakristei hineinstürmten, mussten wir darauf warten, dass Pater Bernardo uns empfängt. Eine riesige Menge Leute war vor uns, Menschen jeden Alters, Paare, alle warteten auf den Abt, wollten von ihm ein gutes Wort, einen Zuspruch, einen Rat oder einfach nur ihr Herz ausschütten. Wahrlich beeindruckend, dieser Zustrom. Man versteht, dass sich sogar der Papst an Pater Bernardo gewendet hat. Bernardo hilft der Tante, ihr emotionales Gleichgewicht wiederzufinden. Ihre Gefühlswelt geriete sonst durcheinander. Über sich selbst sagt er, er sei das „Benzin", der Treibstoff, den sogar eine Fee dringend brauche.

Der Tod entmutigt, bricht selbst Herzen, die darin geübt sind, zum Himmel zu schauen. Vor allem in diesen traurigen Augenblicken braucht Caterina jemanden, der sie innerlich wieder aufrichtet. Wir alle sind nur Menschen, auch Caterina und Bernardo. Der Abt ist menschlich. Menschlich ist es auch, trostlose Zeiten gemeinsam durchzustehen. Gegenseitige Unterstützung hilft, Kräfte wiederzuerlangen, die zuvor dahingeschmolzen waren wie ein Häuflein Schnee in der Sonne. „Die Reise ist wichtiger als das Ziel." Das stimmt. Aber die Haltung, mit der wir die Fahrt angehen, hilft uns, Augenblicke auszuhalten, in denen wir uns alleine fühlen.

Caterina schwenkt ihren Mantel. Schnell fliegt der Staub auf ihren Schuhen weg. Das Schirmchen winkt dem Leben zu, das für einen Augenblick seinen Schwung verloren hatte, weil es durch einen finsteren, kurvenreichen Tunnel geführt hatte, in den kein Licht kommen kann. Man braucht sie schon wieder. Von irgendwoher ruft man sie an. „Taxi Milano25? Zia Caterina, wir brauchen dich ..." „Arrivo! – Ich komme!" Ein fliegendes Taxi, knallbunt. Seine Hupe besingt fröhlich das Leben. Pfeilschnell fliegt es dahin im Verkehr von Florenz.

KAPITEL 18

Thailand und Covid-19

Dieses Kapitel habe ich geschrieben, als das Buch eigentlich schon fertig war. Ich füge es hier an, denn es zeigt Caterinas Charakter. Dieser Zusatz zu dem, was ich bisher zu erzählen versucht habe, durfte keinesfalls fehlen. Caterinas Leben ist ständig im Werden. Auch bei uns ist das so. Wir sind uns dessen nicht bewusst. Doch bei Caterina bekommt jeder Tag, jedes Ereignis, jede auch noch so kleine Veränderung ihrer Seele eine ganz besondere Färbung. Alles wird wahrgenommen, wird lebendig, erhält einen besonderen Sinn. Den darf man nicht übergehen. Caterina vergrößert alles durch ihre Gefühle. So wird jedes auch noch so kleine Ereignis zu etwas Außergewöhnlichem.

Am 23. Februar 2020 brach Zia Caterina zu einer schon lange geplanten Fahrt nach Thailand auf. Die Tante musste einfach mal wegfahren, um ihr inneres Gleichgewicht wiederzufinden. Der ständige Kontakt mit Kranken, oft durchlebte starke Gefühle stellten dieses Gleichgewicht immer wieder stark auf die Probe. Caterina brauchte eine Umgebung, in der sie neue, ungewohnte Energie spüren und wieder zu Kräften kommen konnte. Ein Aufenthalt im Kinderheim Baan Unrak schien da genau das Richtige zu sein. Anfangs konnte niemand ahnen, dass aus den drei ursprünglich geplanten Wochen drei Monate werden sollten. Alles um Caterina herum ist ständig im Fluss, bewegt sich nach undurchsichtigen Plänen. Erst ganz am Ende zeigt sich ein vorgezeichnetes Muster. Jedes Einzelteil findet unerwartet genau seinen Platz.

2020 war ein besonders Jahr. Es betraf uns alle und brachte uns in eine Situation, die sich niemand jemals vorgestellt hatte. Vielleicht führte es uns auch in unserer großspurigen Annahme, wir seien allmächtig und unbesiegbar, wieder auf ein menschliches Maß zurück. 2020 war das Jahr von Covid-19. Es wird uns in Erinnerung bleiben als Jahr der vielen Toten, des Abstand-Haltens, der Isolation, des Fehlens von Umarmungen, Küssen und Kontakten. Diese Zeit setzte uns in einer Warteschleife fest, in einer Zeit ohne Zeit, in der die wild gewordenen Zeiger unserer Uhren stehen blieben. Uns wurde eine unnatürliche Stille aufgezwungen.

Wir lebten orientierungslos und letztendlich verwundbar in einer sonderbaren Blase. Einige Tage vor dem ersten Lockdown, der uns alle in unsere Wohnungen verbannte, verließ die Tante Italien. Gerade noch rechtzeitig bestieg sie ein Flugzeug nach Thailand. Manchen, die schon ahnten, was geschehen würde, war das gar nicht recht. Sie hätten es besser gefunden, wenn Caterina in Florenz geblieben wäre.

Doch Caterina folgt ihrem eigenen Herzen. In Thailand konnte sie sich nützlich machen und denen tatkräftig helfen, die sie nötig brauchten. Hier in Italien hätte sie ja doch nichts machen können. Sie hätte die Zeit zwischen ihren eigenen vier Wänden verbringen müssen. Ihre gute Stimmung hätte gelitten. Uns allen setzte das Distanz-Halten sehr zu. Caterina aber hätte es kaum verkraftet. Nach einem Besuch in Bangkok und auf der Insel Kho Kloom kam Caterina Anfang März im Kinderheim „Baan Unrak" – auf Deutsch „Haus der Freude" an. Dort wollte sie in diesem Jahr ihren Geburtstag feiern. An diesem Ort fand ihr innerer, spiritueller Weg neue Pfade. Ist es eine Ironie des Schicksals oder einer der Gotteszufälle, die die Zia freundlich begleiten, dass dieser Ort denselben Namen trägt, wie das Haus, das sie im Chianti ihren Super-Heldinnen und -Helden zur Verfügung stellt? Dieser Zufall überrascht: Es scheint, als würden die Energieströme, die von Caterina ausgehen, sich instinktiv mit anderen, ähnlichen Kräften verbinden, sodass in einer Art Synergie eine noch stärkere Dynamik entstehen kann.

Die Leiterin des thailändischen „Hauses der Freude" ist eine ebenso starke Persönlichkeit wie Zia Caterina. Als sie vor 30 Jahren nach Thailand kam, beschloss sie an diesem vom Krieg gezeichneten Ort an der Grenze zu Birma zu bleiben. Sie baute ein Haus für Menschen, die am meisten unter den Ungerechtigkeiten des Krieges litten. Viele traumatisierte Kinder und Jugendliche nahm sie hier auf, etliche minderjährige Mütter und Waisen. Im Laufe der Zeit entstand so eine „Familie der Liebe". In dem Haus fanden die Kinder und Jugendlichen Schutz, wurden in ihrer Verletzlichkeit und Orientierungslosigkeit aufgefangen.

Mit der Zeit entstand so eine Gemeinschaft, in der alle zusammenarbeiten. In einer Schneiderei fertigen die minderjährigen Mütter Kleider aus Baumwollstoffen, eine Konditorei backt Kuchen, die auf dem Markt verkauft werden. Ein Garten sorgt dafür, dass alle im „Haus der Freude" genug zu essen haben. Man versucht, wenigstens die Grundbedürfnisse der Kinder zu befriedigen. Dazu gehört auch, dass sie eine Identität, einen Ausweis erhalten. Weil sie in keinem Einwohnermeldeamt registriert sind, steht ihnen dieser rechtlich gesehen zunächst nicht zu. Die Leiterin des Hauses lehrte und lehrt die Kinder zu meditieren, zu lieben, Spaß daran zu haben, sich selbst zu entdecken, sich bewusst zu werden, dass sie eine eigene Würde haben. Sie tut dies in einem Umfeld, in dem oft die Menschenwürde nichts gilt. Sie lehrt die Kinder auch ihre verborgenen inneren Werte zu entdecken. So können sie zu gefestigten, starken und selbstbewussten Menschen heranwachsen, die ihr Leben selbst in die Hand nehmen können. Das ist nicht einfach, denn die Jugendlichen hier kannten zuvor nichts anderes, als verletzt zu werden. Doch die Frau, die von weit her gekommen ist, träumt diesen Traum. Sie hat immer an ihn geglaubt und verwirklicht ihn energisch und mit großer Hingabe.

Verständlich, dass Caterina genau an diesen Ort kommen wollte. Dass sie ausgerechnet Ende Februar nach Baan Unrak fuhr, passt zu ihrer Lebenseinstellung. Im „Haus der Freude" lernte die Tante eine neue Welt kennen. Hier stieß sie auf eine ihr noch unbekannte Art von Schmerz. Er ist ganz anders als der, dem sie tagtäglich in Italien ausgesetzt ist. Caterina lernte, was materielle Armut ist. In Baan Unrak hilft die Spiritualität der Einzelnen, diese Armut zu bewältigen. Täglich versammeln sich Kinder und Erwachsene in der nahe bei dem Kinderhaus erbauten Pagode, um gemeinsam zu meditieren. Diese Meditation ermutigt alle, über sich selbst nachzudenken, ins eigene Innere zu schauen, den Reichtum aufzunehmen, den jeder einzelne Mensch in der Tiefe der eigenen Seele in sich trägt. Caterina fügte sich sofort in ihr neues Umfeld ein. Wieder begegneten sich da zwei Giganten, zwei energische Frauen, die an die Botschaft glauben, die sie anderen weitergeben möchten. Beide stellen ihre je eigene Begabung in den Dienst am Nächsten. Sie äußern zwar ihre Liebe auf verschiedene Weise, doch gründet diese in derselben Energie. Beide strahlen etwas von dieser Energie aus.

Caterina fiel es schwer, hier einen neuen Weg einzuschlagen. Nicht alle Kinder mochten ihre Nähe, ihre ständigen Versuche, mit ihnen Kontakt aufzunehmen. Distanz entstand nicht nur aufgrund von Sprachproblemen. Jugendliche, die miterlebt hatten, wie schlecht Menschen behandelt wurden, oder die selbst schreckliche Misshandlungen erfahren hatten, misstrauen von vornherein anderen Menschen. Es ist meist nicht einfach, mit ihnen in Kontakt zu kommen. Auch wenn jemand wie Caterina ihnen zeigen will, dass sie geliebt werden. Hier war es schwer, eine gefühlsmäßige Beziehung zu den Jugendlichen aufzubauen. Caterina dachte also über etwas nach, das sie schon immer beschäftigt hatte. Unter einem neuen Blickwinkel stellte sich in Baan Unrak wieder die Frage, warum manche Menschen, zum Beispiel die im Kinderheim arbeitenden Freiwilligen, Caterina gegenüber sehr klar auf Abstand gingen. Auf der Suche nach Antworten hörte Caterina noch intensiver als sonst auf ihr Herz. Dass Menschen zu ihr auf Distanz gingen, verletzte sie – wie immer – schmerzlich. Jede Art von Zurückweisung erzeugt Orientierungslosigkeit, verletzt tiefinnerlich, beleidigt vor allem so sensible Menschen wie Caterina. Sie musste dieses negative Gefühl aufarbeiten. Dafür dachte sie darüber nach, auf welche Weise sich Menschen „anderen" nähern. Es fiel ihr auf, dass es da zwei Verhaltensmuster gibt – nämlich „Mitleiden" und „Wettstreit".

„Mitleiden", sagt die Tante, „besteht darin, Anteil zu nehmen an den Gefühlen anderer, ohne ihnen die eigenen Gedanken aufzwingen zu wollen." Sie glaubt, einige mögen sie nicht, weil sie sich in ihrer Gegenwart unbehaglich fühlen. Außerdem befürchteten diese Menschen, Caterina könnte ihnen den Teil ihrer selbst spiegeln, den sie nicht an sich selbst akzeptieren – nämlich den Schmerz. Caterina verbindet Schmerz mit Dankbarkeit. Aus ihm heraus wurde und wird sie ständig neu geboren, weil sie fortwährend ihre Fähigkeit, den anderen Menschen „wahrzunehmen", vertieft. Tue man seine Arbeit auf der Basis verschiedener Lebenseinstellungen, so lasse sich das Abstand-Halten nicht vermeiden. Caterina selbst sagt, sie sei in Baan Unrak einen großen Schritt vorangekommen. Sie führe nämlich jetzt keinen Wettkampf mehr mit Menschen, die anders denken als sie selbst. Auch fange sie keine Diskussionen mehr an über die Wahrheit oder Falschheit von Einstellungen. Es gebe hier nicht „*richtig*" oder „*falsch*". Kein einziger Mensch lebe aus einem „absoluten Wert" heraus, der von ihm fordert, sich klar zwischen Schwarz und Weiß zu entscheiden. Tante Caterina weiß, dass es unterschiedliche Weisen zu denken und zu „fühlen" gibt. Diese Unterschiede gelte es zu respektieren. Genau das sei Mitleiden. Es mache das Herz ruhig und heiter, eben nicht innerlich zerrissen in einem hektischen Lauf, bei dem man über das eigene Denken oder sonstige „Begabungen" andere beherrschen wolle. Das Mitleiden helfe, in den Schuhen anderer Menschen zu laufen, sie auch in ihren Ängsten und in ihrem Unbehagen zu verstehen. Nicht so der Wetteifer, in dem wir uns seit unserer Geburt befänden. Er zwinge uns in ein System der Konkurrenz hinein, fast wie kleine Soldatinnen und Soldaten, der eine gegen die andere. Er raube uns oft unser Seelenleben, dränge uns in eine falsche Richtung und lenke uns von dem ab, was in unserem Inneren lebe.

Deswegen hält Caterina auch das Schweigen für so wichtig. Bei den täglichen Meditationen im „Haus der Freude" in Baan Unrak lernte sie die Stille kennen. Zeitgleich haben auch wir in der Zeit von Covid-19 die Stille neu erfahren. Wir durften ja unsere Wohnungen nicht verlassen, waren eingesperrt, konnten allenfalls Selbstgespräche führen. Es war unmöglich, uns wie sonst zu zerstreuen. So traten die dunklen Seiten zu Tage, die wir alle in uns tragen. Sie zeigen unsere Ängste, zum Beispiel die Angst vor Krankheit, Schmerzen oder vor dem Tod. Caterina sagt, die Stille habe ihr Innerstes wieder zum Schwingen gebracht. Darauf zu hören befreie. Es lasse spüren, wovor wir Angst haben und was wir am liebsten vermeiden würden. Zu wissen, dass wir verletzlich sind, lasse uns anderen Menschen aufmerksamer und ohne Vorurteile zuhören. So verstünden wir ihr wahres Wesen und versuchten nicht, sie zu unterwerfen. Diese Gedanken entwickelte Caterina in der Stille der Natur, weitab vom Lärm der Welt in ihrem Herzen. Dabei gewann sie ein tieferes Verständnis für sich selbst und für jeden Menschen, dem sie begegnet. Sie akzeptierte sogar, dass andere Menschen, die sie auf ihre Weise wahrnehmen, zurückweisen. Diese Einsicht ist für Caterina, aber auch für alle, die sich öffnen und neu orientieren, ein großer Schritt vorwärts auf dem Lebensweg. Das ist Liebe. Die neue, in Thailand gewonnene Einsicht ließ die Tante erkennen, wie groß das Gefühl ist, das sie beseelt und das sie anderen sehr respektvoll vermitteln möchte. Angesichts der neu auftauchenden Probleme fühlte sich die Zia manchmal orientierungslos. Doch gab sie nicht auf: ihr Glaube an die Kraft der Liebe trieb sie an, vorwärtszugehen, zu lächeln, „*I love you*" zu rufen, auch wenn vom Gegenüber keine Antwort zurückkam.

Trotz der Schwierigkeiten war der Aufenthalt in Thailand ein intensives Erlebnis. Caterina fühlte sich als Teil jenes großen Ganzen, das unsere Vorfahren anbeteten. Sie bekam Anteil an einer Welt ohne all die Annehmlichkeiten, die uns unserer Gesellschaft so wichtig erscheinen. Caterina verstand den Inhalt der Meditation: dass sich die Bedürftigkeit mit Macht der Fülle des Lebens entgegenstellt. Die Zia wurde zu Baum, Sonne, Regen, zu einem Teil dieses natürlichen Universums. In elenden Lebensbedingungen fand sie die Fülle der Liebe, das Gefühl, dass niemand von uns eine einsame Insel ist, sondern Teil eines einzigen, unendlich großen Organismus.

Ausnahmslos alle Kinder von Taxi Milano25 nahm Caterina mit. Die Kinder von Baan Unrak malten sie und hängten dann ihre Bilder an den Wänden der Pagode auf. Darunter war auch das Bild von Super-Elia, gemalt als lieber Haifisch. Ausgerechnet während des langen Aufenthaltes der Tante in Thailand musste er einen neuen Kampf beginnen gegen den *unerwarteten Gast*. Der war nach fünf Jahren Remission belastend und raumgreifend wieder in Elias junges Leben zurückgekommen.

Caterina bezog Elia in ihr neues Projekt mit ein. Als unruhiger Geist, der sie nun mal ist, hatte sie die Idee, Geld zu sammeln, damit die Gemeinschaft von Baan Unrak einen Traum verwirklichen konnte: In der Nähe des „Hauses der Freude" wollte man einen Trinkwasserbrunnen graben, dessen Wasser dann zur Pagode leiten und von dort aus wieder zurück zum „Haus der Freude". Vielen funktional und rational denkenden Menschen mag der Weg, den das Wasser zurücklegen muss, als unnötig, sogar überflüssig erscheinen. Doch der Weg hat eine tiefe spirituelle Bedeutung: durch das Fließen zur Pagode wird das Wasser geheiligt. Dann wird es wieder zum Kinderheim zurückgeleitet. So verkörpert es den Kreislauf des Lebens. Wassertropfen sind wie Tränen Ausdruck von Schmerz und Leid. Wasser *erneuert* Menschen und *erneuert sich auch selbst*, um dann zu seinem Ausgangspunkt zurückzukehren und seinen Lauf auf ewig fortzusetzen: eine unendliche Reinigung. Das erinnert daran, dass auch die menschliche Seele ständig der Reinigung bedarf. Bringt nun das Individuum in der Meditation seine Seelenkräfte in Einklang mit den Schwingungen des Wassers und spürt dessen Energie, beginnen in seiner Seele vergessene oder noch unbekannte Saiten zu klingen. Die Tante beschloss, Elia, ihren Super-Helden, in dieses Projekt einzubinden, auch wenn er Abertausende von Kilometern von Baan Unrak entfernt war.

Elia stammt ursprünglich von der bei Sizilien liegenden kleinen Insel Pantelleria. Seit jeher liebt er das Wasser. Er musste einfach bei diesem Projekt mitmachen. Während seines ersten Behandlungszyklus hatte er ein Schiffsmodell gebaut. Nun, fünf Jahre später, wollte er ein weiteres bauen. Das sollte noch außergewöhnlicher werden: ein Boot der Hoffnung, des Willens, wieder gesund zu werden. Es sollte ihm auch helfen, die Schmerzen zu akzeptieren. Er wird es später der Onkohämatologischen Abteilung des Krankenhauses schenken als Erinnerung an die Zeit, die er hier verbracht hat. Das Schiffchen soll „KosmicBoat", „Kosmisches Boot", heißen. Caterina sagt, dieses Schiff sei *„ziemlich niveauvoll"*: Es ist das Schiff, mit dem man die Angst, die Orientierungslosigkeit und den Schmerz überqueren kann. Es wird Elia, wie im Traum – als kleine Wolke oder auch als Wasser oder Gedanken durch den Kanal, den die Zia mit dem gesammelten Geld bauen konnte, bis zur Pagode tragen. Auf diese Weise kommt er als Repräsentant aller Super-Helden und -Heldinnen der Zia im Geiste nach Baan Unrak. Unsere Herzen können ihren Aufenthaltsort wechseln, so ist es möglich, dass wir alle von einem Ort an einen anderen reisen: wir müssen nur an die Macht der Liebe glauben. Den Kindern von Baan Unrak wurde dieses Projekt erklärt – und schon geschah das Wunder: soziale und geographische Entfernungen verschwanden. Während Elia an seinem Schiff baute, malten es die Kinder in Baan Unrak in bunten Farben mit Elia am Steuer, kurz bevor es beim „Haus der Freude" anlegte. Bei der lang ersehnten Einweihung des Wasserlaufs zur Pagode wird vielleicht eine Girlande mit all diesen Bildern als Schmuck dienen.

Bei verschiedenen Anrufen aus der Ferne zeigte sich die Tante ziemlich ratlos. Wie sollte sie nach ihrer Rückkehr nach Italien weitermachen? Manchmal wirkte sie sehr niedergeschlagen, hatte fast Angst vor der Frage, wie und ob sie in die ihr gewohnte Welt, die sie bisher ja am Leben gehalten hatte, würde zurückkehren können. Würde sie wieder Taxi fahren können mit den Kuscheltieren, die seit Monaten auf sie warteten? Wie wieder in das Taxi einsteigen und hier wie gewohnt kleine Ausschnitte von Leben mitbekommen? Wie würde der Zugang zu den Krankenhäusern, die Hilfe für die Familien und alles, was damit zusammenhing, geregelt sein? Solche Zweifel hatten wir alle. Caterina aber quälten sie noch stärker als uns. Covid-19 hat uns alle aus der Bahn geworfen. Aktuell lässt sich nicht abschätzen, wie lange es dauern wird, bis das Leben wieder in gewohnten Bahnen verläuft, bis Caterina wieder weitermachen, ihren Kindern helfen und Zeit mit ihnen verbringen kann. Sicher wird einiges anders. Möglicherweise wird die Tante anfänglich verunsichert sein. Doch die Reise hat sie innerlich gestärkt und neu belebt. Denn hier hat sie entdeckt, dass sie fähig ist, auch ohne ihr Taxi zu „sein". Sie trägt Taxi Milano25 in sich, so wie die Super-Heldinnen und -Helden auch. Ihren Umhang braucht sie nicht mehr, um stark und sicher ihre Nächstenliebe zeigen zu können: dazu genügt ihre Person, auch ohne Schellen, lackierte Fingernägel, rosa Lippenstift und Blumenhüte. Caterinas starkes Wesen spricht aus jeder Kleinigkeit, ihren Gesten, Worten, aus jedem Lächeln.

Das Leben an einem Ort, wo es wirklich an „allem" fehlte, das heißt eigentlich an all dem, was wir glauben zu brauchen und für unseren Alltag für unabdingbar halten, führte bei Caterina zu einem neuen, noch stärkeren Selbstbewusstsein. Sie hat sich noch einmal entblößt und sich mit einer neuen und tieferen Selbstwahrnehmung umkleidet. Diese hilft ihr, sich anderen respektvoller und gelassener zugleich zu nähern als vorher. Um sich beschützt zu fühlen, braucht sie keine Hilfsmittel wie den Umhang oder das Taxi mehr. Den Schutz trägt sie jetzt in sich. Denn sie fühlt sich innerlich verbunden mit den Sphären eines immer weiter werdenden Universums. Sie „ist" und braucht dazu nichts anderes.

Nachwort

Diese Geschichte begann mit einem Vorwort. Also muss sie auch mit einem Nachwort enden. Die erste Szene zeigte Caterina, wie sie ihre farbigen Kleider anlegt. Das Ende des Buches beschreibt Caterina, wie sie zur Ruhe kommt. Die Kleider hängen nun ruhig über einer glänzenden Stange in ihrem Lager. Zusammen mit anderen sitzt der Hut von heute einfach nur da. Müde grunzen die kleinen Schweinchen. Heute war wieder ein Tag voller Emotionen. Morgen wird sich das Karussell von neuem drehen: Da werden andere Kinder sein, die Beistand brauchen, andere Eltern, die man aufrichten und denen man helfen muss, mit einem Lächeln. Umarmungen wird es geben, Tränen, Fröhlichkeit, Lachen, fliegende Taxis und ... ja, und dann?

Niemand weiß, wie lange die Tante noch die Tage aller, die ihr begegnen, in ihre Farben tauchen kann. Ihr Leben ist ein ständiges Werden. Noch nicht einmal sie selbst weiß, wo es sie hinführen mag. Ein wenig kann man sich vorstellen, dass sich Caterina eines fernen Tages hinsetzen wird zwischen all den sprechenden Farben: Wer weiß, ob es jemals jemanden geben wird, der ihr Erbe übernimmt. Wahrscheinlich nicht. Sie hat ihr eigenes, einzigartiges Charisma. Das ist ihr Alleinstellungsmerkmal. Wir können uns wirklich glücklich schätzen, ihre Energie und alles, was sie uns jeden Augenblick schenkt, mitzuerleben. Aber an jenem weit entfernten Tag, an dem sie sich hinsetzt, werden sicher alle ihre Super-Heldinnen und Super-Helden an ihre Tür klopfen und sie verabschieden.

Niemand wird sie alleine lassen. Caterina sät Samen aus: den Samen des Lebenswillens, den wertvollen Samen der Liebe, der Solidarität, des Mitleids im wahrsten Sinne des Wortes. Sie sät Freude, Anteilnahme, Kampfesmut, gerade dann, wenn Menschen sich am liebsten gehen lassen würden. Ich habe nicht genug Worte, um all das zu beschreiben. Das muss man eigentlich selbst erlebt haben.

Wenn du mit ihr diese wichtigen Augenblicke erlebst, merkst du, dass sich hier das Leben jenseits der gewöhnlichen, banalen und auch einengenden Konventionen abspielt. Du nimmst wahr, welcher Reichtum im Anderssein liegt. Die Fähigkeit, aus den Konventionen auszubrechen, lässt uns Schritte wagen, die für andere bedeutsam werden. Wenn wir das beachten, werden wir innerlich wach und offen. Wir verstehen, dass es jenseits der uns anerzogenen und uns förmlich eingeimpften Konventionen noch etwas Anderes gibt. Caterina lehrt uns Folgendes: So viel Liebe, wie du verschenkst, bekommst du sicher auch zurück. So verbreitet sich die Liebe und steckt andere Menschen an. Wie Caterina zu leben, auf das Pferdchen des sich in atemberaubender Geschwindigkeit drehenden Karussells zu steigen, bedeutet aufzuwachen und zu merken, dass man nicht mehr derselbe Mensch ist, der man zuvor war. Wer die Super-Heldinnen und -Helden kennt, bewundert ihren Mut, fühlt mit ihnen. Wenn wir merken, wie ängstlich, verletzlich, begrenzt und oberflächlich wir sind, entwickelt sich in uns ein anderes Bewusstsein unserer selbst.

Tante Caterina, deine Freundin, die Stille, hüllt dich jetzt ein und liebkost dich. Während du dich ausruhst, breitet sie sich überall in der Kleiderkammer aus. Caterina ruht sich aus – in ihrem weißgepunkteten Schlafanzug. Sie atmet ruhig – ein, aus. Der leise Hauch der Nacht bringt auch einige Stunden lang die Farben zur Ruhe. Im Morgengrauen begrüßen sie mit fröhlichem Gähnen die Sonne. Dann fangen sie wieder an zu sprechen. Der Tag wird wieder aufs neue lebendig.

Schlusswort

Von Don Luigi Verdi
(Gründer und Verantwortlicher der Kommunität von Romena)

Nur Kinder und Verliebte können diese Welt vor ihrem selbstzerstörerischen Wahnsinn retten. Das denke ich seit langem. Verliebte und Kinder leben vom Staunen und von einfachen Dingen. Mit offenen Augen schauen sie auf jedes Zeichen, das Zukunft verheißt. Bedingungslos können sie sich anderen anvertrauen. Caterina gehört zu diesen beiden Arten von Menschen. Wie Kinder hat sie eine reine, überfließende Seele. Wie Verliebte ist sie voll unendlicher Leidenschaft.

Zugegeben, wenn ich sie treffe, bin ich zunächst befangen. Die ungestüme Wucht ihres farbenfrohen Auftretens lässt meine Schüchternheit wieder hochkommen. All jene farbigen Kleidungsstücke, die vielen kleinen Dinge: das ist für meine Augen ein zu lautes Farbenkonzert. Wenn aber der erste Moment vorbei ist, dann kann auch ich mich nur fühlen wie die Kinder, die sie lieben: denn Caterina „macht" nicht so, sie „ist" so.

Ihr Geheimnis liegt nicht darin, dass sie sich verkleidet, um als jemand anderes zu erscheinen, sondern darin, dass sie sich so anzieht, um sich selbst wiederzufinden. „Caterina", schreibt Alessandra Cotoloni zutreffend in diesem Buch, „kleidet sich in das Gefühl, das sie mit all ihren Kindern und Jugendlichen verbindet." Caterina hat keine Hemmungen: Sie übertreibt beim Sprechen, bei ihrer

Kleidung. In diesen Übertreibungen äußern sich ihre Gefühle, ihre Schwingungen, ihre Art zu leben. Die Farben, die sie trägt, gehören zu ihr. Authentisch zeigen sie, was sie in ihrem Inneren fühlt. Sie spiegeln die überaus starken Emotionen, die sie im Kontakt mit ihren Super-Heldinnen und -Helden verspürt. Menschen, die mit so großem Schmerz zu tun haben, wie Caterina ihn bei ihren Kindern erlebt, versuchen normalerweise sich abzuschirmen und sich selbst zu schützen; Caterina aber tut das Gegenteil: sie bietet sich an, öffnet sich. Spontan verströmt sie sich selbst. Nicht in ihre Kleider und ihre Stoffpuppen verlieben sich die Kinder, sondern in die Tatsache, dass diese Gegenstände genau der Person entsprechen, die sie trägt. Sie spüren, dass Caterinas Herz wirklich mit ihnen fühlt. Mag die Schifffahrt ihrer Krankheit auch durch raue See führen, sie fühlen sich begleitet, geleitet und geliebt.

Wir hier in Romena mögen sehr die Mandelbäume. Sie blühen im Frühjahr als Erstes, wenn fast noch Winter ist. Sie sind die letzten Bäume, aus deren Blüten Früchte werden. Caterina hatte im Winter ihres Lebens ihren geliebten Stefano verloren. Doch sie konnte den Gedanken, es sei nun alles vorbei, hinter sich lassen. Ja, sie glaubte, dass hier etwas Neues zu knospen begann. Die kleine Mandelknospe von vor zwanzig Jahren ist nunmehr zur Frucht geworden. Im Augenblick reift sie. Während ihre Blüte sich langsam öffnet, streckt sich Caterina dem Himmel entgegen. So bekommt sie einen Vorgeschmack auf die Unendlichkeit, in die sie selbst – das spürt sie deutlich – einst einmünden wird. Man kann im Leben wie in einem bunten Taxi reisen. Das sagt uns Caterina. Man muss sich nur durch das Staunen und Sich-Wundern führen lassen. Emotionen und die Reinheit der Gefühle müssen uns erlauben, dem Schmerz direkt ins Gesicht zu sehen.

Vor allem aber sagt uns Caterina, dass nicht das Ziel der Reise wichtig ist, sondern die Art und Weise, wie wir reisen: Bekanntermaßen sind Reisen von Kindern und Verliebten einzigartig und bunt. Und sie sind voller Überraschungen.

Dank

Wie zu Anfang schon gesagt, ist das Buch keine Biographie, auch wenn ich versucht habe, einige der für das Leben von Tante Caterina bis heute wichtigsten Momente, Begegnungen und Ereignisse aufzuführen. Demütig habe ich versucht, nur die Gefühle weiterzugeben, die von Caterina selbst ausgehen. Es ist nicht einfach, vor allem nicht mit ihr. Man kann Caterina nicht in vorgefertigte Schablonen pressen – und ich möchte sagen: zum Glück! Das ist das schwierigste Buch, das ich jemals geschrieben habe. Gleichzeitig ist es auch das Buch, das mir, auch wenn es von einem anderen Menschen handelt, geholfen hat, mich selbst besser zu verstehen. Das, was Caterina in der Zeit sagt, in der man ihr zuhört, regt dermaßen zum Nachdenken an, dass man unweigerlich davon verändert wird.

Ich danke Caterina, dass sie mir die Gelegenheit gegeben hat, in ihrer Seele zu lesen oder es wenigstens zu versuchen. Ich danke ihr, dass sie mir ihr Leben, ihre Wohnung, ihr Lebenspäckchen voller Gefühle und Liebe geöffnet hat. Ein einziger Tag mit Caterina überschüttet uns mit einer wahren Lawine von so viel Licht und Gefühlen, wie wir sie sonst im Alltag vielleicht in einem ganzen Monat erleben. Nun verstehe ich besser die „Reise". Ich hoffe sehr, es ist mir gelungen, sie in diesen wenigen Worten wiederzugeben. Während der Fahrt war ich hingerissen, fasziniert, gerührt, bewegt und auch oft in Schwierigkeiten, weil ich mir nicht sicher war, ob ich angemessen reagierte und fähig war, den Geist dieser Frau wiederzugeben, deren Blick so übervoll von Leben ist.

Liebe Leserin, lieber Leser, ich wünsche dir, bewusst zu reisen. Während ich dem wehenden Umhang und der Stoffpuppe folgte, die um einen Hals baumelte, habe ich eines sicher gelernt: Es geht darum, jeden Abschnitt meines Lebens voll und ganz zu leben und niemals auf fragwürdige Weise festsetzen zu wollen, was normal ist.

Was aus dem Rahmen fällt, schafft Reichtum, sofern man es in den Dienst am Nächsten stellt.

Danke, Zia Caterina

Anmerkungen

Adams, Patch (geb. 1945 in Washington), Arzt, Clown, Publizist und Aktivist. Er ist davon überzeugt, dass Gesundheit nicht nur von Familie und persönlichem Umfeld abhängt, sondern auch von der Umwelt. Patch Adams organisierte Reisen nach Russland und Bosnien. Dort wollte er gemeinsam mit anderen Clowns Kindern in Krankenhäusern und Heimen neue Hoffnung geben. Bekannt wurde Patch Adams durch den Film *„Patch Adams"* mit dem Hauptdarsteller Robin Williams.

Daverio, Philippe (1949–2020), französisch-italienischer Kunsthistoriker, Autor, Fernsehmoderator.

Fraternità di Romena, Brüdergemeinschaft in Pratovecchio in der Toskana, 1991 gegründet von dem Priester Don Luigi Verdi.

Giani, Eugenio (geb. 1959), italienischer Politiker (Partico Democratico), Jurist, Publizist. Seit 2020 Präsident der Region Toskana.

Gianni, Bernardo, Abt der Benediktinerabtei San Miniato al Monte in Florenz.

Giardino di Orticultura, Park in Besitz der Stadt Florenz. Gegründet im Jahr 1859 als Versuchsgarten und als Ort von Gartenschauen. Wird heute als Ort für Ausstellungen und gesellschaftliche Ereignisse genutzt.

Jenin, Stadt in Palästina in den nördlichen West-Banks.

Kilbane, Sheila, amerikanische Kinderärztin, die einen integrativen Ansatz vertritt.

La Nazione, eine der ältesten italienischen Tageszeitungen (gegründet 1859) mit Hauptsitz in Florenz und Lokalteilen v. a. in der Toskana und Umbrien.

Istituto degli Innocenti (Baubeginn 1419), berühmtes Gebäude des Architekten Brunelleschi in Florenz. Es wurde als Findelhaus mit Babyklappe und Kinderheim, dann auch als Kinderkrankenhaus geführt. Heute ist es teilweise ein Museum, das bedeutende Kunstwerke der Renaissance zeigt, und teilweise immer noch ein Kinderheim.

Mancini, Roberto (geb. 1964), früher italienischer Fußballspieler und Trainer. Seine Mannschaft gewann drei Mal die italienische Meisterschaft. Seit Mai 2018 ist er Cheftrainer der italienischen Nationalmannschaft. Diese gewann 2021 die Europameisterschaft.

Mascambruno, Giuseppe, italienischer Journalist, Chefredakteur der Tageszeitung *La Nazione* (2008 – 2012), Publizist.

Milton, John (1608–1674), berühmter englischer Dichter und Staatsphilosoph. Den Vertreter der Aufklärung beschäftigte u. a. das Problem der Freiheit. Sein berühmtestes Werk ist das Gedicht *„Das verlorene Paradies".*

Nardella, Dario (geb. 1975), italienischer Politiker (Partito Democratico), seit 2020 Bürgermeister von Florenz.

Oblaten, Laien, die in der Spiritualität eines großen Ordens der katholischen Kirche leben und sich diesem durch ein Gelübde angeschlossen haben. Sie bleiben dabei weiter in ihrem bisherigen Umfeld.

Partito Democratico, italienische Partei, sozialdemokratisch und christlich sozial ausgerichtet. Im Europaparlament ist sie Mitglied der Sozialdemokratischen Partei Europas.

Piazza della Signoria, berühmter Platz im Stadtzentrum von Florenz, einer der schönsten Plätze in Italien überhaupt. Aufgrund von zahlreichen Kunstwerken (z. B. David von Michelangelo) und berühmten Bauwerken (z. B. Palazzo Vecchio) zieht er viele Touristen an.

Prandelli, Claudio Cesare (geb. 1957), ehemaliger italienischer Fußballspieler. Von 2010–2014 trainierte er die italienische Fußball-Nationalmannschaft.

Renzi, Matteo (geb. 1975), Italienischer Politiker. Renzi war unter anderem Präsident der Region Florenz, Bürgermeister von Florenz, Vorsitzender des Partito Democratico, Präsident des Ministerrates von Italien und kurzzeitig auch italienischer Regierungschef. 2016 trat er davon zurück. 2018 gab er den Parteivorsitz auf.

San Miniato al Monte, Benediktinerabtei in Florenz.

Tavernelle, kleines Dorf bei Perugia in Umbrien.

Terzani, Tiziano (1938–2004), italienischer Journalist, u. a. Asien-Korrespondent des *„Spiegel"* und Autor. In dem von Caterina Bellandi erwähnten Buch spricht Terzani mit seinem Sohn über seine Lebenserfahrungen und den nahen Tod.

Verdi, Luigi, katholischer Priester, Gründer der Brüdergemeinschaft *„La Romena"* (s. o.).